Una nueva filosofía de la luna

Una nueva filosofía de la luna

Mircea Eliade

Traducción y presentación de
Iuliu Cristian Ariesanu

E D I T O R I A L   T R O T T A

La edición de esta obra ha recibido una ayuda del
Instituto Rumano de Cultura (Bucarest)

Esta obra se beneficia del P.A.P. García Lorca,
Programa de Publicación del Servicio de Cooperación y Acción Cultural
de la Embajada de Francia en España
y del Ministerio francés de Asuntos Exteriores

LA DICHA DE ENMUDECER

Título original: Despre o filozofie a lunii

Ferraz, 55. 28008 Madrid
Teléfono: 91 543 03 61
Fax: 91 543 14 88
E-mail: editorial@trotta.es
http://www.trotta.es

ISBN: 978-84-9879-155-6
Depósito legal: S. 640-2010

Impresión
Gráficas Varona, S.A.

CONTENIDO

Presentación: Iuliu Cristian Ariesanu 9

Una nueva «filosofía» de la luna 15
Locum refrigerii 21
Antes del «milagro griego» 27
Antes y después del «milagro bíblico» 33
Entre Elefantina y Jerusalén 39
El simbolismo del árbol sagrado 45
George Bernard Shaw y la virgen negra 51
Sobre Samuel Butler 55
Sobre Aldous Huxley 65
G. K. Chesterton 79
Barbellion 83
La España de Unamuno 87
Unamuno y el mito español 91
Por oposición 97
En España y en Rumanía 101
En la muerte de Rudolf Otto 105
Sobre Italo Svevo 109
Papini, historiador de la literatura italiana 117
Una nueva vida de «Gianfalco» 123
D'Annunzio desconocido 127
D'Annunzio póstumo 133
A propósito de Gobineau 139

PRESENTACIÓN

Iuliu Cristian Ariesanu

Con el volumen *Una nueva filosofía de la luna* se completa la traducción al español de *La isla de Eutanasius*, editada en Bucarest en 1943[1]. La obra ensayística de Eliade escrita en rumano[2] tiene que ser leída e integrada en dos contextos diferentes que a veces convergen y otras se separan. El primer contexto es el de la vida cultural de la Rumanía de entreguerras, en la que Eliade aparecía como el líder indiscutible de la nueva generación de intelectuales, el líder que animaba, orientaba y aglutinaba alrededor suyo a una generación formada por personajes de la talla de Emil Cioran, Mircea Vulcanescu, Mihail Sebastian, Constantin Noica o Eugen Ionescu (en menor medida)[3]. Pero el liderazgo de Eliade (como *primus inter pares*), aceptado espontáneamente por casi todos los jóvenes intelectuales, no surgía de la nada, de un vacío doctrinal y carismático, sino que se situaba a la sombra de la figura paterna de Nae Ionescu[4], profesor de lógica y metafísica de la Universidad de Bucarest, figura atípica y controvertida, sin duda la cabeza filosófica más coherente y brillante de la Rumanía del período (junto con Lucian Blaga) y que no imponía a sus

1. Véanse en castellano los volúmenes anteriores de ensayos: *Fragmentarium*, trad. de C. I. Ariesanu y F. de Carlos Otto, Trotta, Madrid, 2004, y *La isla de Eutanasius*, trad. de C. I. Ariesanu, Trotta, Madrid, 2005.

2. Antes de ser reunidos en libros independientes, *Oceanografía*, *Fragmetarium* o *La isla de Eutanasius* fueron publicados en forma de artículos en la prensa de su tiempo. También *Soliloquios*, *El mito de la reintegración*, *Comentario de la leyenda del maestro Manole*, etcétera.

3. Los ciclos periodísticos «Itinerario espiritual» o «Cartas a un provinciano», que el joven Cioran devoraba desde su ciudad de Sibiu.

4. Cf. el artículo de Eliade sobre Nae Ionescu en *Vremea*, X/463 (noviembre de 1936), pp. 7-9. Un retrato de Ionescu lo encontramos también en sus *Memorias*.

discípulos ningún freno ideológico, ninguna ortodoxia académica, aparte del imperativo de la «autenticidad», del goetheano *Werde was du bist*.

Todos los ensayos contenidos en *Oceanografía*, *Fragmentarium*, *La isla de Eutanasius* deben ser leídos en el contexto de la incontenible actividad periodística de Eliade de aquella época (que abarca miles de artículos[5]), en el contexto de la superación del provincianismo cultural rumano[6] (tal como se ve en los artículos de este volumen dedicados a Unamuno) y de la concepción de la cultura como acto de creación, como fructificación pura del espíritu, que está destinada a ofrecer la única justificación posible de la conciencia nacional y la historia. El mismo *pathos* late también por debajo de la hermenéutica religiosa de Eliade, que podría ser vista como una elaboración más sistemática del sentido de la creación cultural, una hermenéutica destinada a salvar, a traducir los materiales religiosos en mensajes espirituales accesibles para la cultura moderna[7].

El segundo contexto de la obra de entreguerras de Eliade es la actividad científica desarrollada más tarde por él, tanto en Francia, como en Estados Unidos. Podemos decir que su obra en rumano contenía ya *in nuce*[8] todo el desarrollo posterior de su obra, y sería tarea de los estudiosos, tanto de la historia como de la fenomenología de la religión, analizar, sistematizar y poner de manifiesto estas relaciones para una mayor comprensión de la totalidad de la obra de Eliade. El trabajo de traducción de sus escritos rumanos es la condición *sine qua non* para llevar a cabo esta tarea.

A finales de los años treinta, Eliade era plenamente consciente de la novedad de su método, que sintetiza en unas pocas páginas en el prefacio del volumen *Cosmología y alquimia babilónicas*, publicado en 1937. Vamos a rescatar un fragmento de este texto programático, que por su concisión y frescura tiene todos los visos de una intuición de alcance incalculable. Y me atrevería a proponerlo también como clave de lectura de *La isla de Eutanasius* y *Una nueva filosofía de la luna*:

5. Cf. M. Handoca, *Mircea Eliade. Bibliografie*, Jurnalul literar, Bucuresti, 1997.

6. Por otra parte esta obsesión se refleja incluso en la obra postbélica de Eliade, tomando las dimensiones del provincianismo cultural europeo que el estudio de las religiones extraeuropeas intenta desmontar.

7. Cf. A. Marino, *Hermeneutica de Mircea Eliade*, Dacia, Cluj-Napoca, 1980, p. 277. «Para mí, la comprensión de los valores religiosos tradicionales es el primer paso hacia un despertar espiritual», citado en *ibid.*, p. 278. El libro de Marino es uno de los pocos intentos rigurosos por dar una forma sistemática a la hermenéutica de Eliade, sin dejar de lado su producción literaria.

8. I. C. Culianu ya había subrayado esta continuidad, pero sin llegar a darle una forma sistemática. Cf. I. C. Culianu, *Mircea Eliade*, Nemira, Bucuresti, 1995, p. 44.

> Desde ahora, pues, el lector atento puede entrever la novedad de nuestro método y la revolución que está llamado a realizar en la comprensión de la evolución mental humana. Se ha señalado, por supuesto, que los grandes descubrimientos —la metalurgia, la agricultura, el calendario, la «ley», etc.— han modificado sustancialmente la condición humana. Sin embargo, no se ha comprendido la dinámica íntima de esta modificación y sus implicaciones cósmicas. Es verdad que, con cada nuevo descubrimiento fundamental, el hombre no sólo aumenta la esfera de sus conocimientos empíricos y de sus medios de subsistencia, sino que descubre un nuevo nivel cósmico, experimenta otro orden de la realidad. No es el descubrimiento de los metales en sí lo que provoca el salto mental, sino que su «presencia» le permite descubrir otro nivel cósmico, es decir, entrar en contacto con realidades desconocidas o sin importancia hasta entonces. En otras palabras, la metalurgia, como la agricultura, provocan síntesis mentales que modifican radicalmente la condición humana, al modificar su imagen del cosmos[9].

Podemos afirmar con bastante certeza que esta perspectiva está en el origen no sólo de la monografía dedicada a la alquimia, sino también de los demás trabajos de Eliade, que se suceden con rapidez en los siguientes años: *Comentario de la leyenda del maese Manole*, *La isla de Eutanasius*, los distintos estudios publicados en la revista *Zalmoxis*, hasta su último trabajo científico escrito en rumano, *Prolegómenos para una historia de las religiones*, el punto de partida de su ya famoso *Tratado de historia de las religiones* publicado en francés. Incluso proyectaba realizar un libro de grandes proporciones sobre este tema (*Símbolo, mito, cultura*) que nunca llegó a escribir. Este método estaba llamado a provocar una revolución en la comprensión de la evolución mental de la humanidad. Ya sabemos que el esquema historicista ve esta evolución como una progresión ascendente de fases (el más claro ejemplo es la división comtiana, así como su rebrote frazeriano) que van corrigiéndose y mejorando con el paso de la historia. Pero la perspectiva evolucionista, por un extraño fenómeno de ceguera, nunca llega a enfocar directamente la conciencia (o el devenir de la conciencia que corresponde a esta evolución), sino que siempre entra en contacto con ella a través de una serie de índices (económicos, sociales, políticos, etc.) que intentan trazar su evolución (o mejor dicho, *prejuzgarla*), pero que no pueden dar cuenta de las solicitaciones internas que la agitan. Se puede decir que Eliade opera aquí un cambio de paradigma epistemológico[10], al re-

9. M. Eliade, *Cosmologie si alchimie babiloniana*, Polirom, Iasi, 1991, p. 9.

10. Culianu fue uno de los pocos estudiosos que ha señalado este cambio de paradigma, su originalidad y actualidad. Cf. «Histoire à l'envers, histoire à l'endroit. Quel-

nunciar a pensar la conciencia humana en términos evolucionistas. En primer lugar habla de «síntesis mentales», con todo lo que esta palabra conlleva. «Síntesis» quiere decir operación de síntesis, trabajo subterráneo de la conciencia, trabajo que cristaliza en estructuras «sintéticas», es decir, en algo que es un producto final, lo que entra en contradicción con el evolucionismo, que, si quiere ser riguroso, no puede considerar las fases de la conciencia más que rudimentos y sólo la última fase como una síntesis. El texto de Eliade nos sugiere más bien un movimiento rítmico de «síntesis mentales», que también podríamos llamar «tomas de conciencia», que se expanden y se contraen pero que no evolucionan (expansión y contracción, creación de símbolos y degradación de los símbolos[11]), aunque dentro de contextos determinados y bien delimitados también se puede hablar de una evolución. Pero básicamente, no se trata sólo de una acumulación de datos e informaciones a través de la praxis humana, sino de una «pulsación» de la conciencia a través de las vivencias, de las «experiencias» que la abren a la *presencia* de nuevos niveles de realidad. Esta dinámica «pulsatoria» llega a diluirse, a desaparecer dentro del enfoque evolucionista, que considera la acumulación lineal de útiles y conocimientos prácticos como único índice del desarrollo de la conciencia.

Y estas «síntesis mentales» modifican a su vez la condición humana, «modificando su imagen del cosmos». Pero «condición humana» no quiere decir más que autoconciencia, la imagen que el hombre se construye de sí mismo, pero que no se da directamente, como al final del *cogito sum* cartesiano (*res cogitans* delante de la *res extensa*), sino que se da en el espejo del símbolo, en el trabajo simbólico de abarcar los niveles de la realidad, el cosmos. Por debajo de su interpretación de los símbolos a partir de los materiales que le ofrece la religión o incluso la literatura, Eliade reconstruye las facetas de una conciencia capaz de sustentar la producción simbólica, de una conciencia que debe ser reconstruida a partir de una interpretación lo más fiel posible del material documental. Para Eliade, la conciencia, lo que tiene la marca de lo originario en la conciencia, no puede ser leído más que en la actividad simbólica, en la facultad de poner símbolos. Más que un receptáculo de contenidos, más que una sustancia, la conciencia *subsiste* en la intermitencia de las «tomas de conciencia»,

ques réflexions quasi-epistémologiques sur l'œuvre de Mircea Eliade»; trad. rumana en I. P. Culianu, *Jocurile Mintii*, Polirom, Iasi, 2002, pp. 147-168.

11. A contracorriente del evolucionismo, Eliade habla de una «ley de la degradación del sentido» o de una «ley de la descomposición de lo fantástico». Cf. M. Eliade, *Cosmologie...*, cit., p. 13.

en la proyección siempre innovadora de símbolos. No podemos dejar de reconocer en la concepción de Eliade un cierto parentesco con el ser «proyectivo» de Heidegger, aunque las diferencias pueden ser insalvables. Pero, sin duda, se trata de la misma dislocación de la conciencia moderna respecto de sus certezas cartesianas de la que hablaba también Ricoeur, dislocación provocada por el encuentro con los documentos religiosos de la humanidad y por la necesidad de su interpretación. Y no sería desacertado situar la producción de símbolos en la línea de aquella teleología de las figuras del espíritu que la hermenéutica religiosa está llamada a realizar[12]. Pero no se trata más que de vías abiertas, de meras sugerencias. Lo que queríamos dejar claro es que el pensamiento de Eliade ya había alcanzado su madurez antes de abandonar Rumanía y que tanto el presente libro como los demás escritos en rumano deben ser leídos desde la perspectiva de la totalidad de su obra.

12. Cf. P. Ricoeur, *Le conflit des interprétations*, Seuil, Paris, 1969, pp. 25-26, 120, 173-176, etc. Según Ricoeur, el conflicto de las interpretaciones, aunque a primera vista inconciliable, debería ser arbitrado por una filosofía reflexiva capaz de administrar la disolución del *cogito* cartesiano a través de una armonización del psicoanálisis como arqueología del sujeto y la fenomenología de la religión como teleología de las figuras del espíritu en sentido hegeliano.

UNA NUEVA «FILOSOFÍA» DE LA LUNA

La primacía de los colectivos en la vida política y social contemporánea no es un fenómeno aislado. La misma tendencia está presente en todos los ámbitos de la cultura. El mundo moderno vive bajo el signo del «totalitarismo»; y este hecho es confirmado no solamente por la transformación sufrida por el concepto de «historia» en los últimos veinte años, sino sobre todo por la importancia que han adquirido ciertas ciencias auxiliares: etnografía, prehistoria, folclore. Especialmente la prehistoria (la «ciencia de los analfabetos» como la llamaba con ironía Mommsen) goza hoy en día de la atención de un amplio círculo de investigadores. No se trata de analizar aquí las causas «espirituales» (la importancia de la filosofía de la cultura, la necesidad de un «estilo») y a veces políticas (por ejemplo, el racismo en Alemania, la exaltación de las culturas no europeas en la Rusia soviética) que han contribuido a la promoción del interés por la prehistoria. Digamos simplemente que la sed de «fenómenos originarios» es un signo de nuestros tiempos*. Y aunque los busquemos en las épocas pretéritas de la historia, como hacen los filósofos (los «pelasgos» de Klages o los «hiperbóreos» de Évola), o en ciertas cualidades excepcionales para la filosofía que los historiadores atribuyen a algunos pueblos (A. Jeremias a propósito del «Cosmos» de los sumerios), su significación es la misma: se trata de una restauración (algunas veces de manera apologética) de los valores humanos prehistóricos. Se exaltan las intuiciones primordiales, sintéticas y unitarias. Éste es el origen del interés por el *símbolo*, especialmente por el simbolismo primitivo y prehistórico. La función metafísica y

* Cf. «Protohistoria o Edad Media», en *Fragmentarium*, trad. de I. C. Ariesanu y F. de Carlos Otto, Trotta, Madrid, 2004, pp. 38-42. [*N. del T.*]

cosmológica del símbolo es, según nuestra opinión, uno de los más fascinantes problemas que se le ha planteado al hombre moderno (todos los signos parecen indicar que entramos en una época dominada por el símbolo, no por el análisis), y nos proponemos dedicarle un trabajo especial. Las presentes notas tienen un propósito mucho más modesto: mantener informado al público culto de Rumanía sobre algunos libros importantes dedicados al papel de la luna en las primeras síntesis mentales de la humanidad, síntesis que han significado un gran esfuerzo de conocimiento y con las que nos sentimos solidarios, a veces involuntariamente, incluso en el día de hoy...

No sería difícil elegir entre una docena de libros especializados escritos por etnógrafos, orientalistas o historiadores de las religiones, los más representativos y ricos en consecuencias. Entre todos los especialistas que se han dedicado en los últimos diez años a este problema, el profesor Carl Hentze de la Universidad de Gante (Bélgica) es, sin duda, el que ha obtenido los resultados más sólidos. El profesor Carl Hentze es un distinguido sinólogo especializado en el arte del Extremo Oriente y al mismo tiempo un erudito etnógrafo. Ha editado la revista *Artibus Asiae* y ha colaborado con muchas revistas de orientalismo. De sus innumerables publicaciones recordaremos solamente su *Chinese tomb figures*[1] y sobre todo *Mythes et Symboles lunaires. Chine ancienne, civilisations anciennes de l'Asie, peuples limitrophes du Pacifique*[2] y *Objets rituels, croyances et dieux de la Chine antique et de l'Amérique*[3]. Para el que desee conocer la obra de Hentze, la mejor introducción al complejo y fascinante problema de las influencias de las «síntesis mentales lunares» sobre los inicios de la civilización humana sigue siendo su *Mythes et Symboles lunaires*. Tanto más cuanto que el texto del sabio belga es seguido por un apéndice en lengua alemana (pp. 235-250, firmado por Herbert Kühn, profesor de Prehistoria en la Universidad de Colonia y uno de los mejores conocedores del arte y el simbolismo prehistóricos).

La luna y los ritmos lunares han llamado la atención de un médico y biólogo italiano, V. Capparelli, que ha publicado dos grandes tomos, *L'ordine dei tempi e delle forme in natura*[4] sobre los ciclos hebdomadarios en el mundo orgánico y en la patología humana. Capparelli ha recogido un número considerable de hechos extraídos del campo de la

1. Edward Goldston, London, 1928. Hay ed. francesa: *Les figurines de la céramique funéraire*, un volumen de texto y otro de láminas.
2. De Sikkel, Anvers, 1932.
3. De Sikkel, Anvers, 1936.
4. Bologna, vol. I, 1928; vol. II, 1929.

botánica, zoología, embriología y patología, que apuntan hacia un ritmo lunar hebdomadario que controla la vida orgánica. El crecimiento de los tejidos vegetales y animales, los ciclos fisiológicos de la vida del hombre, el aspecto cíclico de los procesos mórbidos (la «crisis hipocrática», la importancia de ciertos días en el desarrollo de las enfermedades: tres días y medio después de la infección, siete días, catorce días, etc.), todos estos fenómenos están controlados por un ritmo cósmico, por una periodicidad lunar. El insignificante e inerte astro tendría, pues, una influencia inimaginable sobre toda la vida orgánica de la tierra. Aunque no se tratase más que de la *unidad* que los ritmos lunares confieren a un considerable número de fenómenos, de niveles y de zonas distintas, su importancia sería evidente. Pero estudios recientes de etnografía y de morfología cultural, entre los que destacan en primer lugar los estudios de Carl Hentze, han subrayado otro tipo de influencia lunar: su papel fundamental en las primeras síntesis mentales humanas.

Sabemos que incluso ahora los primitivos continúan midiendo el tiempo con la luna. En las lenguas indogermánicas, la palabra que designa la «luna» es la más antigua de todas las palabras del vocabulario astral. La raíz *me*, que en sánscrito se ha transformado en *mami*, «yo mido», demuestra una vez más que la luna servía para medir el orden del tiempo. Los antiguos alemanes, según el testimonio de Tácito, dividían las estaciones en función de ciertas noches. Los ejemplos se pueden multiplicar indefinidamente. Pero la influencia de la luna sobre la conciencia humana tiene que ser buscada en otra parte. Sobre todo en el hecho de que el fenómeno lunar ha servido de unidad de medida, o más exactamente, de *puente* entre varios niveles de realidad.

Es fácil comprender por qué el hombre primitivo, *le moins civilisé*, otorgaba más importancia a la luna (por lo menos, en un cierto estadio de la cultura) que al sol. El sol es un astro con el que el hombre no tiene ninguna correspondencia: es eternamente igual a sí mismo, sin ningún «devenir». La luna, en cambio, es un astro que crece, decrece y desaparece: un astro cuya vida se somete a las mismas leyes del devenir, del nacimiento y la muerte. La «vida» de la luna le es más cercana al hombre que la gloria majestuosa del sol. Y con la aparición de la agricultura, al principio del Neolítico, el hombre empieza a conectar los ritmos lunares con la fertilidad de la tierra. La luna trae las lluvias, es la fuente de la fertilidad universal. Ahora se articulan los primeros símbolos cósmicos, las verdaderas síntesis mentales que unen entre sí varios niveles: la Luna, la Mujer, la Tierra, la fertilidad. El hombre empieza a tener una «concepción» unitaria del cosmos: su intuición abarca el Todo, pero no un Todo abstracto, adquirido dialécticamente, sino un Todo vivo, dramático, rítmico[5]. Sobre esta intuición central se fundamenta la magia, que había aparecido en el Paleolítico. Porque si existe un nacimiento y una muerte, si existe fertilidad (luna, lluvia, mujer) y «desaparición» (noches sin luna, sequía, esterilidad), también tienen que existir objetos y áreas «bendecidas» o «maldecidas». El dualismo: bien y mal, luz y oscuridad, que los iraníes elevarán a la categoría de comprensión mística y metafísica, tiene sus raíces en estas antiquísimas creencias lunares. La luz y la oscuridad, el Mundo de arriba y el Mundo de abajo, la idea de vida y muerte, se expresan, en todas las civilizaciones prehistóricas circunpacíficas, a través de símbolos lunares[6].

Tales simbolismos, de expresión tanto iconográfica como mítica, constituyen hoy en día los más precisos documentos para la investigación de las migraciones de los pueblos paleoasiáticos de América. Apoyándose sobre la frecuencia de algunos tipos iconográficos y de las concepciones religiosas correspondientes, Hentze pudo demostrar la existencia de relaciones entre las culturas de la América precolombina (cultura San Agustín, Chavín, etc.) y la cultura de la China arcaica[7]. Ciertamente, la lengua simbólica y pictográfica se presta con mayor facilidad a un estudio comparativo. Siguiendo la frecuencia iconográfica de la «divinidad lunar que llora» (concepción mítica y religiosa expresada a través de líneas verticales, que surcan el rostro del ídolo), Hentze logra establecer de forma irrefutable las relaciones concretas, históricas, entre todas las culturas circumpacíficas[8]. «Al hablar de los cultos lunares primitivos de Asia y de su herencia transmitida a estratos culturales distantes en el tiempo, podríamos comprender también la aparición, por medio de inmigraciones de paleoasiáticos, en la América precolombina de fenómenos muy parecidos a los que podemos observar en Asia, así como la repartición circumpacífica de ciertos mitos lunares»[9]. El método de trabajo de Hentze ha conducido a resultados casi definitivos en un problema tan espinoso como el de las relaciones entre Asia y América.

La similitud entre la fertilidad de la tierra y la fertilidad de la mujer, descubierta por las culturas agrícolas neolíticas, también se expresa a través de ritmos y números lunares. La luna crece durante nueve noches, permanece durante nueve noches como luna llena y decrece durante otras nueve

5. Cf. nuestro estudio «Cosmical homology and Yoga»: *Journal of the Indian Society of Oriental Art* (1937), pp. 188-203.
6. C. Hentze, *Objets rituels...*, cit., pp. 53, 55.
7. *Ibid.*, pp. 34, 35, 51.
8. *Ibid.*, p. 30.
9. C. Hentze, *Mythes et Symboles lunaires...*, cit., p. 213.

noches, quedando invisible otras tres; nueve meses dura la fase prenatal. La luna es el primer muerto (el americanista E. Seler escribió hace tiempo: «Der Mond ist der erste Gestorbene»), y en este sentido fue asimilada al primer hombre mortal. La idea de la desaparición de la luna (de la luz) es representada iconográficamente como una serpiente tragándose un conejo (animal lunar). Quizá no sea inoportuno recordar, siguiendo a Strygowski, que Hentze ha demostrado que las interpretaciones de ciertas «escenas artísticas» chinas estaban totalmente equivocadas: lo que, a primera vista, parece una creación de la «imaginación del pintor», no es más que un antiquísimo motivo iconográfico, en armonía con unas ideas culturales muy consolidadas (la lucha entre la oscuridad y la luz, el bien y el mal)[10].

Si las primeras intuiciones cósmicas de la Mujer, la fertilidad y el agua se relacionan con la luna, lo mismo sucede con la muerte. La luna muere, permanece durante tres días en la oscuridad y después resucita. Los granos también se entierran, quedan algún tiempo debajo de la tierra (noche, oscuridad, matriz) y sólo después surge una nueva planta. El hombre muere, es enterrado, algunas veces su alma se va a la luna, pero también él resucita, así como han «resucitado» la luna y la vegetación. En ciertos rituales de iniciación primitiva estudiados por Pater Schmidt, el neófito tiene que salir de la tumba, imitando la reaparición de la luna después de haber estado escondida durante tres días. El simbolismo funerario es, en este sentido, muy preciso. Una estudiosa sueca, Hanna Rydh, demostró en 1929 que los vasos funerarios se caracterizan por una decoración específica, a veces muy distinta de la ornamentación de los vasos de uso profano[11]. En el arte funerario, el símbolo juega un papel primordial. Hecho bastante comprensible, pues todo lo que tiene que ver con la vida del más allá y la muerte, tiene que poseer una significación, una eficacia mágica. El hombre muerto es asimilado al «ancestro», que muchas veces es un animal lunar, y tiene que volver a la gran unidad de la que se había desprendido. Ciertos símbolos, como por ejemplo la espiral, tienen vastísimas significaciones, pero su origen está siempre en algún parecido con la luna. La espiral, que se remonta hasta el Paleolítico, encuentra la justificación de su valor astral-simbólico en la analogía del caracol y la luna (como el caracol, la luna aparece y desaparece, sale y retrocede) o del caracol y la vulva (elemento lunar).

El signo de la luna es múltiple: el pez, la rueda dividida en cuatro, una línea quebrada (el agua que corre), la esvástica (la más antigua

10. *Ibid.*, p. 205.

11. H. Rydh, «Symbolism in Mortuary Ceramics»: *Bulletin of the Museum of Far Eastern Antiquities* (Stockholm) 1 (1929).

esvástica es la de Susa, en Mesopotamia, milenios IV-III a.C.), etc. El signo del «peine», tan frecuente en todas las cerámicas funerarias, representa las nubes; en consecuencia, también es un símbolo lunar. Otras representaciones iconográficas lunares como los cuernos, las volutas o las espirales han tenido un posible origen común en los cuernos del ganado mayor, también animales lunares (conocemos las relaciones entre las culturas agrícolas y la Gran Diosa, los ritos orgiásticos, donde los bovinos cumplen un importante papel, como el chivo en Tracia).

La riqueza del simbolismo lunar supera con creces cualquier imaginación. El papel desempeñado por las primeras intuiciones de la unidad cósmica en el desarrollo ulterior de la mente humana es considerable. Bajo el signo de la luna se han llevado a cabo síntesis mentales de una grandiosa amplitud y, a su lado, los intentos de los presocráticos por «unificar el mundo» parecen humildes ensayos. El nacimiento, la fecundidad, la muerte: la luna, el agua, la mujer; el crecimiento de la luna, el crecimiento de la vegetación, el crecimiento del hombre; la muerte como palingenesia, la muerte como un momento dentro del ritmo cósmico, la muerte como descanso (la vuelta a la oscuridad, a la tierra, a lo prenatal); la oscuridad, la infelicidad, la sequía, el «mal»; la luz, la lluvia (la luz difusa del rayo que trae la lluvia es parecida a la luz lunar), la abundancia vegetal, el «bien»; el mundo de abajo y el mundo de arriba, la resurrección, etc.: he aquí algunos ejemplos de la serie de síntesis mentales creada alrededor de la luna. Sin embargo, tenemos que insistir sobre su carácter sintético, unitario. La conciencia que los ha plasmado tenía una intuición verdaderamente unitaria del Cosmos, sin tener que pasar de peldaño en peldaño y de emblema en emblema como hacemos nosotros cuando desciframos estos símbolos primordiales.

Y si se puede hablar de una filosofía de los presocráticos, que intentaba descubrir los elementos de unidad del Cosmos, también podríamos hablar de una «filosofía» de la luna, del papel que ha desempeñado la luna en la creación de las primeras síntesis mentales, en la expresión simbólica de la unidad cósmica. Detrás de estos símbolos desciframos un enorme esfuerzo de conocimiento. ¿Acaso no es *conocimiento* este esfuerzo por encontrar los elementos de unidad de la vida y del Cosmos? ¿No se vislumbra aquí la voluntad de plasmar el mundo, de unificarlo de forma mágica, viva, humana? ¿Acaso los orígenes del idealismo mágico no se hallan en este intento de reconstruir el mundo para comprenderlo y dominarlo?

(1936)

LOCUM REFRIGERII

«Sucedió, pues, que murió el pobre, y fue llevado por los ángeles al seno de Abraham; y murió; y murió también el rico, y fue sepultado. En el infierno, en medio de los tormentos, levantó sus ojos y vio a Abraham desde lejos y a Lázaro en su seno. Y, gritando, dijo: 'Padre Abraham, ten piedad de mí y envía a Lázaro para que, con la punta del dedo mojada en agua, refresque mi lengua, porque estoy atormentado en estas llamas'» (*Lucas* 16, 24).

Sobre una lámina órfica encontrada en 1893 cerca de Eleutherpa, en Creta, está escrito: «Me quema la sed y me muero...».

En el momento más solemne de la misa de la Iglesia romano-católica se invocan así las almas de los muertos: «Ipsis Domine et omnibus in Christo quiescentibus, locum refrigerii, lucis et pacis, ut indulgeas, deprecamur» [A éstos Señor, y a todos los que descansan en Cristo, te rogamos les concedas el lugar de refrigerio, de luz y de paz].

¿Y quién no conoce la oración de la misa de difuntos de la Iglesia ortodoxa: «en lugar de reposo, en lugar de verdor, donde no hay ni tristeza, ni suspiro, sino vida sin fin»?

Un arqueólogo francés, André Parrot, ha vuelto a plantear, recientemente, en un estudio muy documentado, el problema de este «lugar de verdor»: *Le «Refrigerium» dans l'au-delà*[1]. El autor investiga en cuatro grandes capítulos las concepciones sobre el «refrigerio» en el mundo babilónico, sirio-anatolio, Egipto y el cristianismo primitivo (Roma, Galia, África del Norte). El material documental es, en su mayor parte, arqueológico y epigráfico. André Parrot ha participado él mismo en las

1. Paul Geuthner, Paris, 1937.

excavaciones arqueológicas llevadas a cabo en Mesopotamia y su libro demuestra de sobra su sólida formación en arqueología babilónica, siria y egipcia.

Le «Refrigerium» dans l'au-delà puede ser resumido en pocas palabras. Todas las religiones que hemos mencionado anteriormente se preocupan por calmar la sed del difunto en el otro mundo. De alguna manera, el muerto continuaba su existencia terrestre en ultratumba y había que asegurarla con medios concretos o mágico-simbólicos. Pero lo más importante, más importante aún que la «alimentación», era aplacar su sed. Por eso en Babilonia y especialmente en Egipto se practicaban pequeños orificios para que el agua pudiese llegar hasta la tumba (pp. 20 ss.). El agua se vertía en libaciones y tenía una importancia capital para la vida *post mortem.*

También eran innumerables las escenas que representan el así llamado «vaso rebosante», motivo que ha estudiado últimamente Ed. Van Buren en *The flowing vase and the God with streams*[2]. En todas estas escenas, dioses, hombres (las almas de los muertos) y animales repetían hasta la saciedad la acción ritual de beber de un vaso maravilloso, del que el agua fluía sin cesar. Este motivo, presente también en la iconografía hindú (el «vaso lleno», *pūrna balaśa*), se ha transmitido después, ora desde los centros del oeste asiático (Babilonia, etc.), ora desde la India, a innumerables tradiciones ornamentales de Europa (especialmente en el Renacimiento) y Persia[3]. Sin duda, tal como se ha dicho durante mucho tiempo y como ha subrayado André Parrot, este motivo tiene un sentido religioso. El «agua» era considerada la sustancia vital por excelencia; el que «bebe» participa de la «realidad», de la «vida». Además, nuestro autor insiste sobre el valor concreto de este motivo. «Los infiernos son, ciertamente, como la tierra de los vivos, una región de mucho calor donde el agua es necesaria para la vida física, a la que mantiene, prolonga y, sobre todo, condiciona. Pero también se le añade este otro matiz: el agua apaga la sed, que es el sino de los que habitan países soleados y desiertos. Y esta preocupación por 'refrescarse' no es la menos importante. El agua de la vida no podría ser más que pura y fresca»[4].

Es cierto que los hombres se han imaginado casi siempre el «Infierno» como una totalización de los sufrimientos de la tierra. Por otra parte, tanto la historia de las religiones como el folclore distinguen dos etapas

2. Hans Schoetz, Berlin, 1933.

3. Cf. A. Coomaraswamy, *Yaksas*, parte II, Smithsonian Institute, Washington, 1931, pp. 62-63.

4. A. Parrot, *Le «Refrigerium»*..., cit., p. 53.

(o dos «estados») en la condición *post mortem*: la *supervivencia* y la *inmortalidad* (esperamos poder demostrar más detenidamente este hecho en un estudio especial).

El alma del muerto «sobrevive» durante algún tiempo (hasta una nueva reencarnación o hasta el «Juicio final», etc.) y después desaparece o se transforma en *inmortal* (en términos cristianos). Sin embargo, la supervivencia del alma de los muertos significa, en casi todas las religiones, una prolongación larval de la dramática existencia humana. La formulación de estos «sufrimientos», de este «drama», se hace casi siempre en términos de experiencia concreta, humana. Por eso, en el Norte de Europa, donde el sufrimiento humano se traduce en términos de «temperatura baja» (frío, hielo, barro, etc.), el Infierno es llamado *gwern*, «charco», y los epítetos más frecuentes son *oer, oerfel*, «frío» y *rhew*, «hielo»[5].

Si en Oriente y la Europa mediterránea el culto de los muertos está ligado a las «libaciones» refrescantes, los escandinavos conocen un Walhalla donde los guerreros muertos se calientan «bebiendo el licor embriagador servido por las Valkirias»[6]. En Bretaña, el muerto sufre de frío y soledad, al igual que lo había hecho durante su vida. Por eso, «vuelve para sentarse junto al hogar, para calentar sus pies a la lumbre, charlar con los sirvientes», etcétera[7].

Si las experiencias místicas se traducen en términos de experiencia humana concreta (amor, boda, unión), con los estados *post mortem* ocurre lo mismo. Pero nos equivocaríamos, si considerásemos el agua que se le ofrece al muerto exclusivamente bajo este aspecto concreto. Actualmente conocemos con bastante precisión los significados mágicos y «metafísicos» del agua, tanto en la India como en Mesopotamia (culturas que han tenido indudables relaciones protohistóricas en cuanto al simbolismo acuático). Coomaraswamy ha demostrado[8], con una rica documentación arqueológica y literaria, la presencia de los valores simbólicos y «metafísicos» del Agua en las culturas hindú e indomesopotámica. Por otra parte, a medida que avanzamos en el tiempo y nos acercamos a los inicios de la historia, aumenta la frecuencia del símbolo y, en consecuencia, de la polivalencia de significados de un signo o un rito.

5. Cf. J. Vendryes, «L'Enfer glacé»: *Revue Celtique* 46 (1929), pp. 134-142, en especial p. 135; A. H. Krappe, *Études de mythologie et de folclore germaniques*, Paris, 1928, p. 46 (acerca del Infierno de Snorri Sturluson).

6. Cumont, cit. en A. Parrot, *Le «Refrigerium»*..., cit., p. 170.

7. A. le Braz, *La légende de la mort chez les bretons armoricains*, 4.ª ed. definitiva, Champion, Paris, 1928, tomo I, p. LVI.

8. *Yaksas*, II; *Elements of Buddhist Iconography*, etcétera.

El muerto vuelve a un estado larval, muy parecido al estado de las «semillas». La afirmación no tiene que ser tomada solamente en su sentido concreto, agrícola, que ha tenido por ejemplo en Egipto, bajo la influencia de la religión osiria. Parrot reproduce[9] una de aquellas célebres figuras conocidas como «las camas de Osiris» o los «jardines de Osiris», que representa unos brotes de trigo saliendo del cuerpo del muerto, brotes que se riegan con una libación funeraria. Sobre una estela funeraria conservada en el Museo Británico, el difunto le reza así al dios Râ: «para que su cuerpo pueda germinar»[10]. Observemos que Râ es el dios del sol y el muerto, al conocer el valor fertilizante del sol y del agua, reza para alcanzar un destino agrícola; «germinar», como las semillas bien regadas y generosamente calentadas por los rayos del sol[11].

Pero aparte del sentido «agrícola» de las libaciones funerarias en ciertas religiones (o en ciertos momentos de la historia de estas religiones), podemos hablar del estado larval del muerto en un sentido mucho más general. El muerto vuelve a un estado amorfo (por ejemplo, a excepción de los héroes, los muertos pierden su memoria; cf. *Odisea*, libro XI). Se solidariza, pues, con la condición amorfa, no manifestada del agua. Por eso, el muerto es enterrado «desnudo», es decir, liberado de cualquier «forma», de cualquier «límite». La solidaridad mágica o mística (el bautismo, en sus sentidos precristianos) del hombre con el agua le confiere nuevas posibilidades «germinativas», la posibilidad de un «nuevo nacimiento». Juan bautizaba a los hombres con agua, purificándolos de los antiguos pecados, aniquilando su antigua personalidad, asegurándoles un «nuevo nacimiento». El agua tiene, en todas partes, este sentido genérico de estado primordial, *no manifestado*, rico en virtudes germinativas, es decir, en virtualidades que esperan su manifestación. Este sentido aparece especialmente en las teorías cosmológicas tanto simbólicas, como alfabéticas, de tantas culturas indo-mesopotámicas. La creación empieza en el agua; se levanta sobre una base edificada sobre las aguas (el símbolo de la flor de loto flotando por encima de las aguas, etcétera).

Así pues, la muerte puede ser vista como la vuelta a un cierto estado amorfo. En muchas culturas, una parte del hombre, su cuerpo y ciertas «almas» suyas, se desprenden definitivamente en el momento de la muerte, para volver a su estado preformal. Las libaciones funerarias tendrían, pues, el fin de facilitar esta desintegración del muerto para alcanzar la condición primordial, amorfa, que es simbolizada por las

9. *Op. cit.*, fig. 34.
10. A. Parrot, *Le «Refrigerium»*..., cit., p. 103, nota 3.
11. Cf. también nuestro *Zalmoxis*, I, 1938, p. 206.

aguas; desintegración que, evidentemente, es seguida por la esperanza de alcanzar una mejor reintegración (en Osiris, en Dioniso, etc.). De la misma forma, en la iniciación órfica el «hombre» muere y se desintegra hasta su aniquilación para poder identificarse con Dioniso, con el «Dios», con un estado suprapersonal. Es lo que significa *neófito*: «planta nueva», nuevo brote que destruye y aniquila la semilla, si ha sido bien regado...

Todos estos detalles, que nuestro autor descuida al centrarse exclusivamente sobre el motivo concreto del agua y del *refrigerium*, tendrían que ser analizados en toda su extensión para revelar su lógica secreta. Quizá lo hagamos en otra ocasión. Por ahora, observemos que la *sed* que asola el otro mundo y que Parrot ha seguido a través de monumentos y textos de las más antiguas culturas mesopotámicas hasta los inicios del cristianismo romano-católico, esta *sed*, pues, también podría ser entendida desde otro punto de vista que el realista. La condición humana, el sufrimiento, en una palabra, cualquier «experiencia» histórica, ha sido siempre y en todo lugar expresada por la «sed». Los mensajes religiosos y místicos calman la «sed» de vida de los hombres, les «abrevan» en las fuentes de la verdad, etc. El grado más elevado del sufrimiento humano se ha expresado siempre a través de la «sed». Cuanto más sufre el hombre, tanto más sediento está de Dios, de verdad, de quietud, de amor.

En un sentido mágico y religioso, el agua reconduce al hombre a un estado indiferenciado, amorfo, de «semilla», ayudándole al mismo tiempo a «nacer de nuevo»; en sentido místico, pues, el agua sosiega al hombre, es decir, pone fin a su experiencia, a su sufrimiento. Podríamos decir, sin caer en la paradoja, que solamente después de haber llegado al *refrigerium* y haber bebido hasta la saciedad, el muerto «muere» de verdad. Es decir, supera las últimas etapas de la condición humana, disolviéndose en un estado impersonal, total e indiferenciado. Mientras permanece «sediento», sigue siendo una larva subhumana, pero todavía atormentada por las «experiencias». Esta supervivencia no es ni la verdadera *muerte*, ni la *inmortalidad*.

En sentido místico, pues, el agua que calma la sed del muerto, apaga también la experiencia, ayudándole a «morir» del todo, a desprenderse definitivamente de la condición humana...

(1938)

ANTES DEL «MILAGRO GRIEGO»

El camino que lleva desde el palacio de Minos, en Knosos, hasta la metafísica platónica, es largo y espinoso. Las raíces del pensamiento griego están diseminadas por Asia Menor, Creta, Tracia, y quizá incluso más lejos, por Lidia, Irán y Egipto. El genio griego se ha alimentado con la savia de toda esta geografía espiritual. Su esfuerzo de asimilación y creación sigue apareciéndonos como un milagro, incluso después de haber descubierto las civilizaciones de Creta y de las Cícladas, el mundo egeo y las culturas afroasiáticas. Reconocer el «milagro» de este esfuerzo de creación, no significa en absoluto minimizar las corrientes prehelénicas y extrahelénicas que han alimentado y, en gran medida, han orientado el genio griego. Es difícil conservar el equilibrio cuando se trata de problemas tan complejos, cuando hay que estar al tanto de los últimos descubrimientos arqueológicos de todo el Mediterráneo, seguir los avances del orientalismo, la historia de las ciencias o la historia de las religiones. Es sumamente difícil no tomar una «posición»: es decir, explicar el «milagro griego» exclusivamente por la influencia de Oriente o la influencia de Creta o de los «pelasgos». El primer y más sólido mérito del libro del señor Pierre-Maxime Schuhl, *Essai sur la formation de la pensée grecque*[1] es su falta de «actitud» y de «originalidad». En casi cuatrocientas páginas de texto, la mayoría de ellas cubiertas en sus tres cuartas partes de notas, encontramos muy pocas cosas «originales». Pero la cantidad de información es enorme, ha sido bien seleccionada, directamente de las fuentes, y ordenada, información que de otra forma no habría podido llegar hasta un círculo tan amplio de lectores, al estar enterrada en «Boletines», «Archivos» y «Contribuciones» inaccesibles.

1. Alcan, Paris, 1934.

En los últimos decenios se ha trabajado tanto en el campo de las culturas prehelénicas, que casi nunca se sabe muy bien por dónde empezar ni por dónde terminar. Los volúmenes de *sir* Arthur Evans son ciclópeos y, sin embargo, no logran agotar lo que sabemos hoy en día sobre Creta. Sería imposible reunir en unas cuantas estanterías las publicaciones de los últimos diez años sobre la civilización micénica o cicládica.

El problema de las influencias orientales se plantea en la actualidad en otros términos que en la época cuando todavía se hablaba de «Tales y Egipto» o de «Pitágoras y la India». Las cosas han cambiado radicalmente, aunque sólo fuera por el desciframiento de la lengua hitita o la luz nueva que orientalistas como Przyluski y Scheftelowitz o iranólogos como Schaeder y Wesendonk han proyectado sobre las múltiples fuentes de espiritualidad iraní. Destaca cada vez más la capacidad excepcional de Irán para crear influencias y cruces espirituales de gran variedad. Si se pudiera hablar con mayor seguridad sobre los «pueblos iraníes», tendríamos que admirar sus virtudes cívicas, sus organizaciones del sur de Rusia, Dacia, Asia Occidental, el Norte de la India o la meseta iraní. Pero, lo que no podemos afirmar de la «raza iraní», lo podemos hacer cuando se trata de sus fuerzas espirituales. Las intuiciones cosmológicas y morales de los iraníes han sido aceptadas y asimiladas por casi todo el mundo mediterráneo y europeo. Conocemos de sobra la enorme influencia de la angelología hindú y judaica sobre la cosmología griega y, más tarde, sobre el pensamiento ético de toda Europa (desde Zaratustra hasta *Fausto* la continuidad es impresionante; la lucha entre las Tinieblas y la Luz, entre el Bien y el Mal, como poderes cósmicos y reales al mismo tiempo). Pero es menos conocida su capacidad de *resistencia*. Estas intuiciones se han opuesto, porque siguen *influyendo*, a cualquier cultura extranjera que haya podido conquistar, en algún momento de la historia, uno de estos pueblos iraníes. Y esto se debe a su poder de *contagio*. En el seno del cristianismo han provocado el gran cisma maniqueo, que ha atravesado toda la península Balcánica y ha llegado hasta el sur de Francia y el norte de Europa. Por doquier donde haya alcanzado este cisma, bajo sus diversas formas (bogomilismo, albigenses, etc.), ha creado o ha localizado leyendas y mitos. El folclore balcánico y el folclore nórdico (la leyenda del «fin de la tierra», *ragna-rök*) deben su parentesco a este fondo común de elementos iraníes. El poder de resistencia de la espiritualidad iraní es evidente incluso en el caso del islam. El sufismo es, en gran parte, una creación persa. La cultura árabe ha sido penetrada y dominada por la sangre iraní. Las influencias arquitectónicas se dejan reconocer tanto en las iglesias bizantinas como en todo el «estilo» iranio-árabe, que ha logrado unificar el mundo civilizado desde los Pirineos hasta el Himalaya...

Si me he detenido un momento sobre los ejemplos de esta «influencia oriental» ha sido para resaltar el importante cambio de perspectiva que ha tenido lugar al tratar este controvertido problema y, al mismo tiempo, para precisar nuestro método de trabajo. Cuando queremos explicar una cultura, no hay que tomar en cuenta cualquier «influencia». Al contrario, solamente las intuiciones propias de un pueblo *creador*, difundidas por todo su área de expansión, solamente las intuiciones que demuestran cierta polivalencia, es decir, que pueden ser asimiladas por varias culturas extranjeras, merecen ser tomadas en cuenta. El caso de los iraníes es un excelente ejemplo. Su capacidad creadora es excepcional: ejerce su influencia y transfigura casi todas las culturas con las que ha entrado en contacto (hindú, judaica, griega, cristiana, islámica); crea y lleva consigo *intuiciones fundamentales* (el dualismo, el «fin del mundo», la angelología, la cosmología), que pueden ser fácilmente aceptadas por cualquier otro pueblo o cultura.

En el caso de Grecia, *sir* Arthur Evans ha demostrado definitivamente que la religión organizada alrededor de una Gran Diosa y sus implicaciones (el culto a los árboles, la serpiente, la paloma, etc.), es de origen cretense. Su estructura religiosa es diametralmente opuesta a la de los «helenos» clásicos, que habían elaborado una religión «olímpica», apolínea, viril y continental. En este sentido, la aportación de la civilización cretense a la posterior gran síntesis griega es incontestable. Ya sea que el culto de la Gran Diosa se haya organizado, durante cierta época, en toda la cuenca del mar Egeo, ya que haya sido directamente importado de Creta, lo importante es que el simbolismo telúrico y demétrico, el elemento vegetal y femenino que aparece con tanta violencia y creatividad en la cultura griega, *se expresa* en formas cretenses. La contribución cretense, en este caso, está muy bien definida; por una parte, algunas *experiencias* espirituales, en cierto modo extrañas a la cultura griega, se expanden y conquistan una cierta supremacía en Grecia; por otra parte, estas experiencias *se expresan* a través de fórmulas cretenses. Es una contribución de forma y contenido. El hecho de que esta «forma» o «expresión» sea simbólica o mítica no tiene gran relevancia. Creta pertenecía a una cultura prealfabética que no tenía nada que envidiar a las culturas de tipo alfabético. El mito, el símbolo y la iconografía pueden expresar con la misma precisión tanto un «estilo» global de existencia (tal como se pensaba), como sus matices, sus excepciones y valores mínimos. (Pienso demostrar este hecho en un próximo estudio sobre los símbolos de las culturas austroasiáticas y oceánicas. Por ahora, es suficiente recordar el papel tan complejo que desempeña el jade en la civilización china. A través de sus formas, colores, emblemas, ritmos y sonidos, las piedras de jade que sirven para adornar las pulseras pueden expresar un número inimaginable de *matices*. Por ejemplo, que estoy delante de la hija de un propietario de tal distrito, que tiene dieciocho años, que está comprometida, que le gusta la primavera, que prefiere tal especie de pájaro y tal tipo de flor, etc. El ritmo y los colores del jade expresan todos estos datos *al mismo tiempo* y de forma accesible para *cualquiera*. Porque las civilizaciones extraalfabéticas que utilizan símbolos y emblemas en lugar de fórmulas orales o escritas, tienen como rasgo tanto su *ecumenicidad* como lo que podríamos llamar su «espontaneidad»; tanto un niño como un anciano, un hombre cultivado o un ignorante pueden entender enseguida todo lo que el emblema o el símbolo intenta expresar. La capacidad de comunicación de los signos se ha reducido notablemente en las culturas de tipo alfabético, donde la ignorancia, la edad, la clase social, la especialización, son obstáculos para la comprensión de una idea o de un sentimiento que se expresan por otro cauce que la palabra*.)

Pero, volviendo al libro de Schuhl, tan rico en sugerencias precisamente por ser rico en problemas, diremos que el autor busca las «raíces» del pensamiento griego en multitud de sitios al mismo tiempo y retrocediendo lejos en el tiempo. En este libro se nos habla de «manchas y purificaciones; imprecaciones, magia vudú y presagios; magia meteorológica y agraria; ordalía, juramento y mántica; incubaciones y medicina». Nos hemos limitado a transcribir sólo el contenido de la primera parte, que no supera las cincuenta páginas. En la segunda parte, dedicada a las principales etapas de la evolución religiosa hasta llegar a Homero, se nos habla de la religión cretense, de los aqueos, de Micenas y Homero. Después sigue el estudio de los «milesios», del «pensamiento místico» (Eleusis, el culto a Dionisos, el orfismo y el pitagorismo), de los presocráticos metafísicos, de los sofistas, de los inicios de las ciencias y técnicas. Tal como podemos ver, Schuhl parte de «supersticiones» y costumbres populares, que ni siquiera son el patrimonio exclusivo de los pueblos mediterráneos sino de toda la humanidad en su fase étnica, para llegar a Platón (sobre este autor ha publicado ya un estudio, *Platon et l'art de son temps*, y promete volver con un escrito de mayores proporciones). Este método de trabajo, que ha sido duramente criticado[2], a nosotros, en cambio, nos parece plenamente justificado y muy fecundo. Se trata de un intento eficaz de relacionar la etnografía, la historia y la espiritualidad popular, anónima, con la historia de la filosofía. Cuando Henry Berr publicó su primer volumen

* Cf. «Jade»; también «Vestimenta y símbolo», en *Fragmentarium*, cit., pp. 63-67, 94-95. [*N. del T.*]

2. Cf. la áspera recensión que le dedica James T. Allen en *Isis* (septiembre de 1935), pp. 469-470.

de *Avant-propos*, en la serie «Evolution de l'humanité», A. Van Gennep redactó para *Mercure de France* una irónica recensión, preguntándose si la historia puede seguir siendo considerada como una ciencia del siglo XX. Ciertamente, nuestro siglo no sólo ha descubierto la etnografía, tal como piensa Van Gennep, sino también el «estilo», la importancia de las colectividades en la elaboración de las grandes síntesis espirituales. Es menos importante, dice Van Gennep, conocer la historia de un faraón o de un rey medieval, que la historia de un objeto o de una institución. Por un lado, porque en el primer caso nunca podremos tener todos los documentos e incluso si los tuviéramos (ejemplos: la historia contemporánea, la Gran Guerra), no serían significativos, porque se refieren a individuos, grupos de individuos, acontecimientos pasajeros o circunstancias únicas; por otro lado, la historia de un individuo o de una época estudiada a través de las hazañas de sus ilustres representantes es un hecho exterior, que afecta al conjunto de la comunidad y modifica su vida únicamente por casualidad y de forma superficial. El método etnográfico (en el que podemos incluir la sociología, pero sin llegar a dominarlo) puede enseñarnos la *verdadera* historia de la humanidad, es decir, la historia de su desarrollo concreto, de sus descubrimientos colectivos, de su progreso o regresión; en cualquier caso, una historia hecha por *todos* los hombres y que importa a todos; prueba de ello es que la conservan y la utilizan.

La controversia entre «historiadores» y «etnógrafos» está todavía en sus inicios. Pero podemos entrever desde ahora de qué lado se va a decantar la victoria en este siglo de colectivismos. No solamente porque la etnografía nos ayuda a reconstituir la historia total de los grupos humanos, sino también porque nos revela los «estilos» culturales, estilos orgánicos, de «psicología abisal», como dijo Lucian Blaga*, a los que han contribuido, con o sin su consentimiento, los más geniales creado-

* Poeta, filósofo y dramaturgo rumano (1895-1961), creador de un sistema filosófico dividido en cuatro trilogías (Trilogía del conocimiento, Trilogía de la cultura, Trilogía de los valores, Trilogía cosmológica). En su Trilogía de la cultura (*Horizonte y estilo*, *El espacio miorítico*, *La génesis de la metáfora y el sentido de la cultura*), Blaga desarrolla una «psicología abisal» que subyace a los estilos culturales. El fenómeno del«estilo» está condicionado por una pluralidad de factores inconscientes (categorías abisales, en oposición a las categorías kantianas) que pertenecen a la espontaneidad creadora humana y no vienen de fuera junto con el material utilizado. Estos factores constituyen juntos una «matriz estilística», sustrato permanente de todas las creaciones culturales, tanto colectivas como individuales. La matriz estilística, en su calidad categorial, deja su impronta sobre las obras de arte, las concepciones metafísicas, las doctrinas científicas, éticas o sociales. La misma preocupación por los «fenómenos originarios», los estilos culturales, los símbolos colectivos crea una afinidad profunda entre el Eliade de entreguerras y Blaga. [*N. del T.*]

res. Los estudios sobre los «estilos» culturales nos ayudan a superar las insuficiencias de la sociología.

Pierre-Maxime Schuhl no se apoya en ninguna hipótesis sobre el «estilo» heleno, en ninguna interpretación fenomenológica de la filosofía prearistotélica. Simplemente intenta arrojar un poco de luz sobre las múltiples herencias extrarracionales (ya sean las de carácter popular, como la Gran Diosa de Creta, ya sean las pertenecientes a una elite, como el orfismo) que han fecundado y modificado el pensamiento griego. Descubrir los orígenes extrarracionales, «sagrados», de todas las instituciones e incluso de los más profanos instrumentos de comunicación, como en el caso de la moneda[3], es un ejercicio fascinante y harto peligroso, al que se han dedicado casi todos los estudiosos de los últimos decenios. Hoy día conocemos un número impresionante de hechos relacionados con este asunto. Pero el problema que Schuhl se propone resolver es mucho más delicado. Se pregunta en qué medida estas ricas y variadas aportaciones han llegado a penetrar en la filosofía propiamente dicha; es decir, en qué medida el «estilo» popular prehelénico de vida haya podido encontrar una expresión filosófica. Sin ofrecernos respuestas definitivas a todos los problemas aquí planteados, Schuhl constata la presencia de un número impresionante de hechos que demuestran la resistencia del elemento extrahelénico. Estos resultados pueden ser confirmados en otras áreas culturales. Por ejemplo en la India, donde la filosofía más popular, el yoga, no es más que la formulación (tal como hemos intentado demostrar en un libro reciente) en términos de filosofía «indoaria» de unas ancestrales intuiciones autóctonas, predravídicas y prearias.

Por otro lado, todo el conjunto de hechos que Schuhl discute puede encontrar correspondencias y clarificaciones en otras áreas culturales. Reléase el fragmento de Empédocles de la página 304 y compárese después con aquellos sabios taumaturgos taoístas que Marcel Granet[4] ha comprendido y comentado con tanta sagacidad. Se trata de la misma concepción mágico-filosófica, de las mismas técnicas espirituales, de la misma vida. Comparen también a los sofistas con los *parivrājakas* de los tiempos de Buda. Tanto unos como otros eran filósofos o ascetas «andantes», que viajaban de una ciudad a otra para sostener cualquier tesis sobre el cosmos o la fortuna en el amor. La lucha de Sócrates contra los sofistas recuerda la lucha de Buda contra estos *parivrājakas*.

(1936)

3. Cf. p. 158, los estudios de Laum sobre el origen ritual del dinero y de las medidas.
4. *La pensée chinoise* [Albin Michel, Paris, [2]1999].

ANTES Y DESPUÉS DEL «MILAGRO BÍBLICO»

No cabe duda de que al lado del «milagro griego» ha existido un «milagro hebreo», que ha culminado magníficamente en el mesianismo y ha sido superado por el mensaje de Cristo. Pero estos «milagros», ¿aparecieron simultáneamente en el mundo afroasiático y mediterráneo? En el precedente artículo («Antes del milagro griego»), recordábamos las civilizaciones y sensibilidades que habían provocado la asombrosa eclosión de la cultura helénica. Después de los descubrimientos arqueológicos y las interpretaciones estilísticas de los últimos treinta años, el «milagro griego» sigue siendo igual de asombroso. Pero ahora podemos entender mejor su «historia»; podemos establecer sus orígenes, fijar sus etapas y definir su originalidad. Sobre el «milagro hebreo» se han hecho las mismas investigaciones. Algunos orientalistas han llegado incluso a exagerar las posibles influencias de la cultura y el pensamiento babilónico, egipcio e iraní sobre el desarrollo de la conciencia moral y religiosa del judaísmo. Después de las grandes revelaciones arquitectónicas de Mesopotamia, se ha llegado a pensar que los monumentos babilónicos y asirios cambiarán toda la perspectiva moderna sobre la Biblia. Pero no ha sido así. Los descubrimientos de Mesopotamia, junto con los progresos de la egiptología, han contribuido en gran medida a la comprensión del «milagro hebreo». Pero la perspectiva moderna sobre la Biblia no ha cambiado demasiado. El «milagro» ha permanecido intacto. Es verdad que un orientalista como James Henry Breastead llega a afirmar, en un libro muy interesante: «La organización social y el desarrollo moral de la humanidad en el valle del Nilo, tres mil años más antigua que la de los judíos, ha contribuido de una manera esencial a la formación de aquella literatura hebrea que llamamos Antiguo Testamento. Nuestra herencia moral deriva, pues, de un pasado humano más amplio y más antiguo que el de los judíos e incluso podríamos decir que ha llegado hasta nosotros *a través* de ellos, pero no *a partir de* ellos»[1]. Hecho que solamente en parte es cierto. Muchas elevadas intuiciones religiosas y precisas nociones morales han nacido en el valle del Nilo, dos mil años antes de los primeros textos bíblicos. Pero el pensamiento y la sensibilidad egipcia han conocido después las etapas postreras de cualquier cultura: esterilidad, dogmatismo, muerte. Aunque haya existido un «imperialismo egipcio» bajo Tutmosis III y aunque Amenofis IV intentó introducir un monoteísmo *sui generis*, la cultura egipcia no logra alcanzar aquellos valores universales que enseña el «milagro bíblico». Únicamente si aceptamos las fascinantes tesis de George Elliot-Smith y de sus alumnos, Jackson y Perry, podemos hablar del carácter universal de la cultura egipcia. Pero un egiptólogo tan precavido como Breasted tenía otra opinión. En su magnífico libro *La aurora de la conciencia*, una síntesis de todos nuestros conocimientos sobre los egipcios, mesopotamios e iraníes, intenta demostrar la validez moral, filosófica y religiosa de la humanidad prebíblica.

El mismo objetivo persigue Charles Jean, en *Les Idées religieuses et morales*[2], el tercer y último volumen de su obra *Le Milieu Biblique avant Jésus-Christ*. El profesor Charles Jean es un orientalista especializado en problemas sumerios y babilónicos, sobre los que ha publicado algunos libros fundamentales[3]. No conozco los primeros dos volúmenes de este importante trabajo; éstos se ocupan con *La historia y la civilización* (1922) y *La literatura* (1923) de los pueblos que han entrado en contacto con los judíos. El primer volumen ha sido criticado con bastante virulencia en algunos círculos. Se le reprochaba la falta de perspectiva histórica en los temas abordados. Pero solamente después de leer el prefacio del tercer volumen podemos entender con exactitud el plano y las intenciones de este amplio tratado, de casi dos mil páginas. El profesor Charles Jean ha publicado su curso universitario sobre las antigüedades bíblicas; al estar redactado sin la intención de que algún día se publicase, este curso contenía algunas inevitables repeticiones y su tono era demasiado coloquial, defectos considerablemente atenuados en el presente volumen (aunque también aquí las re-

1. *The Dawn of Conscience*, Charles Scribner's Sons, New York, 1933, p. XV.

2. Paul Geuthner, Paris, 1936. La referencia a las páginas de esta edición se da entre paréntesis detrás de las citas.

3. *Sumer et Akkad*, 1923; *La Littérature des Babyloniens et des Assyriens*, 1924; *Le Péché chez les Babyloniens et les Assyriens*, 1925; *La Religion sumérienne*, 1931, todos ellos en la editorial Paul Geuthner; hemos mencionado solamente los libros que no son de su estricta especialidad, porque Charles Jean también es un eminente editor y traductor de textos cuneiformes, especialmente religiosos y jurídicos.

peticiones llegan a ser abusivas; por ejemplo, las mismas líneas sobre saduceos y fariseos aparecen tanto en las páginas 569-570, como en la página 673). Sin embargo, el tratado del profesor Charles Jean será muy provechoso para los que quieran conocer los más recientes resultados del orientalismo y la arqueología bíblica. *Le Milieu Biblique* ha sido publicado para los profanos, aunque el autor cita, casi siempre, el original y hace las pertinentes referencias a colecciones de documentos egipcios y mesopotámicos. Tal como ha sido redactado, este libro tendrá la misma importancia que ha tenido el tratado de Felten sobre la época del Nuevo Testamento para toda una generación.

Quizás el plan del trabajo no sea el más adecuado. *Le Milieu Biblique* se divide en épocas históricas[4]. Cada una de estas grandes épocas históricas se divide a su vez en varios capítulos (Egipto, Babilonia, Judea, Fenicia, Grecia, etc.), y los capítulos contienen párrafos especiales dedicados a cada dios en particular, a las costumbres, ritos o ideas morales, etc. La lectura del libro se ve, pues, dificultada por la excesiva compartimentación. Como la datación de los documentos cuneiformes no está todavía bien fijada, ciertos dioses o ciertas concepciones religiosas aparecen en más de un párrafo. Las repeticiones son inevitables. Puede ocurrir que el nombre de un dios babilónico aparezca en una determinada época histórica sin ninguna otra información suplementaria; y que el mismo dios adquiera importancia sólo unos siglos más tarde, cuando los documentos establecen, con abundancia de detalles, su culto y su lugar en la jerarquía divina. Para respetar fielmente la «verdad histórica», el autor le dedica un escueto párrafo una vez que su nombre aparece en los documentos, para volver sobre él en un párrafo posterior, cuando los documentos le permiten reconstruir su perfil religioso y cultural. El autor no sigue únicamente la historia de cinco o seis «corrientes mentales» (la sensibilidad y el dogma religioso de Egipto, Babilonia, etc.), sino de cien o doscientos riachuelos, cuyos imprecisos meandros y cauces intenta fijar página tras página y paso a paso. Ciertamente, su lectura no resulta fácil, pero el libro gana enormemente en precisión. El amplio aparato crítico transforma cada párrafo en una pequeña monografía. Si el lector se siente desorientado ante la profusión de detalles y datos, no obstante, siempre sabrá dónde tiene que volver para clarificar

4. «Les hommes de la préhistoire» (pp. 3-34); «Depuis l'aurore de l'histoire jusqu'au IIe millénaire» (pp. 37-258); «Depuis les temps mosaïques jusqu'à la captivité de Babylone» (pp. 263-414); «Depuis la captivité de Babylone jusqu'à la domination romaine» (pp. 417-614); «Quelques concepts communs aux populations du milieu biblique. Conclusions» (pp. 617-686).

los menores detalles de la historia de un dios o de la cronología de una idea moral. El libro de Breasted anteriormente citado está perfectamente construido y para el lector avisado bastará una sola lectura para «hacerse una opinión» sobre las civilizaciones prebíblicas. Al contrario, Charles Jean parece despreciar esta simplificación del material, esta «elaboración excesiva», a la que contribuyen, voluntaria o involuntariamente, la imaginación y la lógica del autor. Él escribe para los profanos y ofrece todas las informaciones que tiene a su disposición, pero sin intentar elaborar esquemas perfectos. Anima al lector a que confeccione él mismo un esquema, una «síntesis».

Por supuesto, al cabo de este largo y difícil periplo, el autor vuelve sobre algunos conceptos comunes en el ambiente de la exégesis bíblica. No llega a negar la influencia del ambiente egipcio sobre Moisés, como tampoco duda de las influencias cananeas y babilónicas sobre la formación de la religión judía. Sus conclusiones son tajantes: «De todo lo que hemos dicho, resulta que Israel no era menos propenso que los demás pueblos semitas al politeísmo y a la vida fácil; y, por consiguiente, la fuente del monoteísmo, que su elite religiosa transmitió de generación en generación, no puede explicarse por *un instinto religioso específico, propio* de este pueblo» (p. 662). Por su parte, Moisés no podía ignorar el monoteísmo egipcio que Amenofis IV había intentado imponer ochenta años atrás (p. 667). También los demás cultos semíticos eran conocidos y su influencia pervive en todas las fases del judaísmo. Así que el Israel palestino nunca ha estado enteramente replegado, ignorando las creencias, leyendas, ideas, cultos, costumbres de los pueblos que le rodeaban, con los que, por otra parte, tuvo relaciones espontáneas o cuya hegemonía soportó» (p. 672).

Ciertamente, la leyenda de la creación del hombre existía en Babilonia en una época mucho más antigua (pp. 184 s.); la tristeza del salmista está presente en algunos textos egipcios del XX milenio a.C. (p. 255, etc.); la similitud entre el libro egipcio llamado *La sabiduría de Amenope*, Jeremías y los *Proverbios* es tan asombrosa y precisa, que el texto egipcio pudo haber servido para la redacción de la versión bíblica[5]. Ya en la época sumeria se admitía que cada hombre tiene un destino o que está predestinado (pp. 372 s). Alrededor del año 2700 a.C., en Egipto, siete siglos antes de Abraham, empezaron a ganar adeptos (como consecuencia de la anarquía social y política) ciertos sentimientos que, hasta hoy, pensábamos que eran patrimonio de los judíos: «Nadie vuelve de

5. Cf. J. H. Breasted, *The Dawn of Conscience*, cit., pp. 288 s.

allí», reza un texto egipcio, «nadie vuelve para contarnos su forma [de los faraones muertos] y su suerte, para que nuestro corazón se regocije hasta la hora en que también nosotros iremos allí donde se han ido ellos» (p. 679; pp. 252 s.). Un consejo moral asirio dice, entre otras cosas: «¡No le hagas ningún daño a tu enemigo! ¡Al que te perjudica, hazle el bien!» (p. 681). En Egipto, un texto nos dice: «Él le dio pan al hambriento, y agua al sediento, y vistió al que estaba desnudo» (*ibid.*). Podríamos multiplicar todavía más estas citas con resonancias bíblicas e incluso evangélicas. Estos hechos prueban la unidad moral y espiritual que había alcanzado el mundo afroasiático, especialmente después de las campañas militares de Tutmosis III. También prueban que las etapas de la conciencia humana son casi las mismas en todos los lugares. Y si el espíritu griego ha logrado imponer una cierta unidad al mundo mediterráneo, el espíritu religioso de la cultura afroasiática también ha logrado alcanzar una serie de valores universales.

El «milagro bíblico» sigue siendo un enigma; porque, si existían ideas morales y religiosas perfectas tanto en Egipto como en Babilonia, únicamente el pueblo judío fue capaz de transformar estas ideas en una experiencia religiosa sumamente fértil. Nada forzó a los judíos a ser monoteístas, profetas o mesiánicos, tal como subraya Charles Jean. Una explicación que apele a motivos de tipo racial o ambiental, a condicionamientos sociales o influencias externas sería totalmente insuficiente. Algunas *ideas* bíblicas fueron descubiertas con anterioridad; pero una *vida* religiosa de la magnitud y la densidad de la vida bíblica fue patrimonio exclusivo del pueblo judío...

También las meditaciones sobre el sincretismo religioso de la época alejandrina son interesantes y «actuales». Resulta difícil resistirse a la tentación de comparar el sincretismo alejandrino con nuestra propia época histórica. Tanto entonces como ahora, podemos detectar la misma sed de asimilar ideas, formas de vida y de sensibilidad, sin importar su origen. Hoy día esperamos y asimilamos semejantes ideas como si se tratara de nuestra salvación; se nos imponen con una terrible urgencia y las recibimos con la esperanza de que serán capaces de resolver nuestras crisis económicas, culturales y espirituales. Durante la época del sincretismo religioso, los hombres esperaban, con la misma impaciencia e inquietud, ideas y sensibilidades religiosas, gnósticas y morales capaces de resolver los problemas personales (el problema del mal, del conocimiento). Pero tanto entonces como ahora la espera y la aceptación constituían una *salvación*; se daba un sentido a la existencia, se educaba una dignidad humana. El mensaje de Cristo no había sido preparado únicamente en el cielo, sino también en la tierra. Los hombres se habían vuelto demasiado solitarios, tristes y desorientados, para no ansiar la libertad plena de sus conciencias y actos. Esta *libertad* ha guiado a los hombres hasta Cristo, y más tarde, hasta Pablo. Los hombres eran *libres* para perderse o salvarse. La victoria tan rápida del mensaje cristiano fue posible por la libertad espiritual del hombre.

(1937)

ENTRE ELEFANTINA Y JERUSALÉN

Huyendo de la ira de su hermano mayor, Esaú, y dirigiéndose hacia Mesopotamia para ponerse bajo la protección de la casa de Labán, Jacob tuvo que pasar por la tierra de Harán: «Llegó a un lugar donde se dispuso a pasar la noche, pues el sol se ponía ya, y tomando una de las piedras que había en el lugar, la puso de cabecera y se acostó. Tuvo un sueño en el que veía una escala que, apoyándose sobre la tierra, tocaba con la cabeza los cielos, y que por ella subían y bajaban los ángeles de Dios. Junto a él estaba Yahvé, que le dijo: 'Yo soy Yahvé, el Dios de Abrahán, tu padre, y el Dios de Isaac; la tierra sobre la cual estás acostado te la daré a ti y a tu descendencia [...]'. Despertó Jacob de su sueño, y se dijo: 'Ciertamente está Yahvé en este lugar, y yo no lo sabía'; y atemorizado, añadió: '¡Qué terrible es este lugar! No es sino la casa de Dios y la puerta de los cielos'. Levantóse Jacob bien de mañana, y tomando la piedra que había tenido de cabecera, la alzó, como memoria, y vertió óleo sobre ella. Llamó a este lugar Bethel [...]» (*Génesis* 28, 11-13.16.19). Se han escrito bibliotecas enteras sobre estos versículos. La «escala de Jacob» sigue siendo incluso ahora la fórmula favorita de algunos círculos místicos católicos, que no desprecian la razón, ni el orden natural de las cosas. «Los ángeles de la escalera de Jacob tienen alas, pero, sin embargo, no vuelan, sino que suben y bajan en orden, de peldaño en peldaño», escribía Francisco de Sales, *the Gentleman Saint,* como lo llamaba un crítico inglés. Pero este párrafo encierra muchas otras fórmulas religiosas y simbólicas. Creyentes, místicos, exegetas y, últimamente, los historiadores de las religiones, no han dejado de meditar y glosar el sueño de Jacob. La «puerta del cielo» y la «casa del Señor» son fórmulas místicas que nos proyectan muy lejos en la historia del hombre. Cualquier ciudad santa, cualquier lugar sagrado, cualquier templo, era una «puerta del cielo», porque era considerado el *centro del mundo*, el «ombligo de la tierra». La etimología popular de los nombres Babel y Babilón era *Bab îlu*, es decir, «puerta de Dios». En nuestro libro de reciente aparición, *Cosmología y alquimia babilónicas*, hemos intentado demostrar que las creencias orientales sobre el «centro», el «eje del mundo», el «altar», etc., no son simples «supersticiones», sino que se integran perfectamente en una teoría cósmica, tan coherente y «lógica» (pero infinitamente más amplia) como cualquier cosmología griega.

Los historiadores de las religiones han recogido abundante material comparativo sobre el culto de las piedras sagradas. En el segundo volumen de su obra *Folklore in the Old Testament*, el infatigable *sir* James Frazer, al comentar el mismo pasaje que hemos citado al principio de nuestro estudio, recuerda y cita decenas de referencias de todas las latitudes y de todos los tiempos, para concluir su comentario, como acostumbra hacer, con una fórmula de espléndida ineficacia: el «hombre primitivo» ha adorado siempre ciertas piedras. Pero la adoración de las piedras no es un problema tan sencillo como parece a primera vista. Sería conveniente distinguir entre los megalitos, las «piedras ginecológicas», los *bethyli* y las piedras que son «tronos», es decir, «centros del universo», «ejes cósmicos». El sitio en el que durmió y soñó Jacob es un «centro» de este tipo, una zona sagrada por excelencia, un cruce misterioso de niveles cósmicos en el que se «unen» el cielo y la tierra (se homologan, mejor dicho): aquí se abre la «puerta del cielo». Este lugar es llamado Bethel, uno de los innumerables «sitios altos» adorados por los judíos, especialmente después de la ocupación de Canaán.

La Escrituras hablan de Bethel, y muchos otros pasajes bíblicos nos dejan entrever el arduo combate del judaísmo mosaico contra el paganismo reaccionario, contra la religiosidad popular, tan próxima a la tierra. Aunque Bethel haya podido ser un lugar sagrado, el Antiguo Testamento no conoce ninguna divinidad Bethel, divinidad nacida por la personificación de este lugar sagrado. Pero la colonia judía de Elefantina, la célebre isla del Nilo, en el Bajo Egipto, adoraba a un dios Bethel junto con otros dioses y diosas, aunque al mismo tiempo conocía y respetaba a Yahvé (Yaho). Este dato es significativo tanto para la historia de la diáspora judía, como para el destino del monoteísmo israelita. Los judíos no llegaron de forma espontánea al monoteísmo. No estaban predestinados a creer necesariamente en un solo Dios, tal como parecen indicar algunos estudios célebres sobre la evolución religiosa de los pueblos semitas. El monoteísmo judaico conserva incluso ahora su carácter «milagroso». Un milagro perfectamente orquestado, tal como veremos, por la voluntad, el *pathos* y la intolerancia fanática de una elite que había asimilado a la perfección el mensaje de Moisés y que no había desistido en su lucha contra todo el pueblo hasta su conversión definitiva.

Éste es, ciertamente, uno de los insignes méritos del profesor de Estrasburgo Albert Vincent, que nos obliga a meditar, una vez más, sobre el destino religioso de Israel. Su libro de reciente aparición, *La Religion des Judéo-Araméens d'Éléphantine*[1] investiga, con toda la erudita documentación que le han proporcionado tantos años de trabajos e investigaciones de campo, el panteón religioso de la colonia militar judía de Elefantina. Algunos papiros descubiertos al principio de nuestro siglo nos permiten hacernos una imagen bastante precisa de la vida religiosa de esta colonia militar establecida sobre el Nilo superior, cerca de la primera catarata, bajo la dinastía sayita (645-525). Estos judíos lograron incluso construir un templo (antes de la conquista persa). «En los días de los reyes de Egipto —está escrito en un papiro— nuestros padres han construido un santuario a Yaho». Y para obtener la «aprobación» de los círculos jerosolimitanos para el funcionamiento y administración de su templo, los judíos de Elefantina escribieron varias veces a Jerusalén, y al no recibir ninguna contestación, entraron en contacto con los círculos religiosos de Samaria. Esta colonia judía de estructura militar sobrevivió, a pesar de las dificultades que tenían con los indígenas egipcios, hasta 404 a.C., cuando, después de una rebelión popular transformada en un verdadero pogromo, la mayor parte de ellos fueron asesinados, encarcelados y deportados. Es muy probable, tal como da a entender Filón de Alejandría, que desde entonces muchas familias judías se establecieron en el Egipto superior, pero sin lograr organizarse en una comunidad bien estructurada.

El profesor Albert Vincent analiza con mucha erudición y minuciosidad la vida religiosa de los judeo-arameos de Elefantina. Nos presenta la religiosidad de una diáspora que ha evolucionado libremente, con «normalidad», lejos del control estricto de la elite monoteísta de Jerusalén. La colonia de Elefantina había abandonado Judea, con toda probabilidad, antes de la reforma de Josías[2] y había conservado, cerca de la frontera meridional de Egipto, las creencias religiosas populares del siglo VII: la monolatría, el sincretismo, el culto de las «parejas divinas», la devoción a una Gran Diosa, etc. Los papiros descubiertos en Elefantina sacan a la luz un verdadero panteón: al lado de Yahvé-Yaho (pp. 25 s.), «Dios

1. Paul Geuthner, Paris, 1937. La referencia a las páginas de esta edición se da entre paréntesis detrás de las citas.

2. Lagrange, en *Revue Biblique* (1912), p. 587; A. Lods, *Les Prophètes d'Israël et les débuts du judaïsme*, La Renaissance du Livre, Paris, 1935, p. 45.

de los ejércitos» (pp. 61 s.) y Dios del Cielo (pp. 100 s.), encontramos un dios Bethel (pp. 562 s.), a Harambethel (pp. 593 s.), a la diosa Anat (pp. 622 s.) y a un dios de la vegetación Ashimbethel (en especial, pp. 675-677). Vincent no comparte la opinión de otros semitistas, según la cual la religión de los judeo-arameos de Elefantina es un fiel reflejo de la religiosidad popular de toda Palestina en los siglos VII-VI. «Estos emigrantes no se representan más que a sí mismos y su religión no es más que una religión de hombres simples que viven aislados alrededor de un viejo santuario medio destruido, y con grandes recuerdos» (p. 9). Pero Adolph Lods piensa de otra forma: «Los colonos judíos de Elefantina, que, tomando en cuenta su profesión original, tenían que ser todos hombres del pueblo, conservaban ciertamente, en pleno siglo V, el estado religioso propio de las masas populares de Palestina en la fecha en que habían abandonado su país»[3]. Cualquiera que sea la verdad (y nosotros nos inclinamos más hacia la solución de Lods), la historia religiosa de los judíos de Elefantina no pierde ni un ápice de su interés. En definitiva, el problema fundamental del judaísmo es éste: el monoteísmo, *¿ha sido o no una categoría específica del espíritu judaico?* El judío (o el semita en general), ¿descubrió al Dios-Uno de forma natural, *orgánica*, porque tenía que descubrirlo, porque *no podía hacer otra cosa*, porque únicamente el monoteísmo era conforme con su estructura mental? ¿O ha sido el monoteísmo la *experiencia de una elite*, muy reducida en los tiempos inmediatamente posteriores a Moisés, muy activa en la época del exilio e intolerante y fanática en los siglos postexílicos? A medida que aumentan nuestros conocimientos sobre la vida religiosa de Canaán, a medida que desciframos con mayor precisión la reacción o la resistencia de los estratos populares palestinos frente al mensaje mosaico, el «milagro» bíblico nos aparece más majestuoso. Todavía nada le impulsaba al pueblo judío a llegar a ser monoteísta. La evolución religiosa de la raza semita no tenía nada especial en su estructura. El monoteísmo ha sido revelado al pueblo judío por una elite. Los judíos han sido convertidos al monoteísmo después de una larga y áspera resistencia. Si hubieran «evolucionado» de una forma natural, los judíos habrían adquirido, en el mejor de los casos, un panteón de la misma índole que el panteón transmitido por los papiros de Elefantina: con una Gran Diosa (como todos los demás pueblos de las culturas protohistóricas afroasiáticas), con un dios de la vegetación (tan «popular» en las orillas del Mediterráneo y en Asia Menor), y con algunos otros dioses menores.

3. *Les Prophètes d'Israël...*, cit., p. 349.

El ejemplo de Bethel nos parece significativo. Sin duda, las poblaciones de Palestina conocían un dios Bethel, similar al dios que hemos encontrado en el panteón de los judíos de Elefantina. Pero las elites «monoteístas», fieles guardianas del mensaje de Moisés, estaban vigilantes en Jerusalén. Incluso en el Antiguo Testamento encontramos suficientes indicios de luchas religiosas por el santuario de Bethel, donde la tradición coloca la visión de la «escalera de los ángeles» y de la «casa de Dios» de Jacob, y donde los campesinos palestinos podían ver al dios Bethel en persona. «Queda demostrado, pues, que en el famoso relato de la visión de Jacob [...] el dios de Bethel no es todavía el dios Bethel. Pero esta identificación y esta confusión se han llegado a hacer muy pronto en los medios populares» (p. 591). La misma *tendencia hacia lo concreto*, es decir, la necesidad orgánica que tiene cualquier comunidad popular de *experimentar los esquemas metafísicos y cosmológicos*, de «vivir» las ideas, se puede reencontrar en todos los sitios donde los documentos nos ayudan a identificar la presencia de estratos populares. El mundo sumero-semita había descubierto, muchos siglos antes de Moisés, algunas teorías cosmológicas y un sistema metafísico de una grandiosa amplitud. Todavía no se podía hablar de monoteísmo, de profetismo. Las líneas de orientación de estas magníficas culturas afroasiáticas eran muy distintas. En cualquier caso, no tenemos la menor duda de que fue entonces cuando se formularon algunos de los principios fundamentales del ciclo cultural en su conjunto: la homología del cielo y la tierra, la teoría del «centro» (el eje del mundo, el árbol de la vida, etc.), la teoría del tiempo consagrado (el año litúrgico, ritual, etc.). En nuestro libro *Cosmología y alquimia babilónicas*, hemos investigado algunas de estas formulaciones sintéticas de las culturas mesopotámicas. La más importante me parece la teoría del «centro» (el ombligo del mundo), la creencia de que un lugar consagrado se transforma en la cima de la montaña cósmica, es decir, en el centro del mundo, el único lugar *real*, inmóvil, «absoluto», una «puerta del cielo» que permite las rupturas de nivel, la intervención directa de la divinidad en la «naturaleza» y en la «historia», pero que también abre el camino hacia el cielo o hacia el otro mundo.

No es difícil de imaginar que Bethel tuvo que ser un «centro» parecido. Pero al mismo tiempo que Jacob (es decir, la tradición de las elites mosaicas, monoteístas) recibe este antiguo símbolo con toda su savia metafísica, confiriéndole únicamente un matiz *teísta*, las poblaciones palestinas transforman esta fórmula simbólica en una «experiencia religiosa concreta», *viviéndola y personificándola*. Estas poblaciones, con su oscuro pero formidable fervor religioso, logran hacer del antiguo símbolo del «centro» y del «trono» *un dios*. Podemos decir que se trata de una tendencia casi «fisiológica» hacia lo concreto, lo personal, lo orgánico, de una «experiencia» cuyas raíces están arraigadas en el suelo de toda Asia y cuyas flores son las orgías populares (esperamos poder desarrollar algún día todos estos problemas...).

El profesor Vincent habla de «la dificultad que siempre han tenido los semitas para separar la divinidad y su terrible poder del soporte material que le sirve para hacerse presente o para manifestar su poder, aunque se trate del nombre, del templo o, simplemente, de los representantes autorizados del dios» (*op. cit.*, p. 591). Pero también es cierto que esta «dificultad» ha obstaculizado la realización espiritual sólo a partir del momento en que el antiguo sistema simbólico-cosmológico dejó de «funcionar»; o a partir del momento en que este sistema empezó a ser «experimentado» por poblaciones incapaces de percibir el valor simbólico de cualquier objeto. Desde un punto de vista histórico, para los semitas, la «dificultad» de separar la idea o el símbolo de su manifestación concreta ha coincidido con el mensaje mosaico del «monoteísmo». Queremos decir que antes de la intervención del mensaje monoteísta en la historia de la cultura oriental, la «confusión» entre «objeto» y «símbolo» no era demasiado grave. En nuestro libro *Cosmología y alquimia babilónicas*, hemos analizado un aspecto de este problema. Pero es indudable que la aparición del mensaje monoteísta ha significado una gran ruptura de nivel, que ha cambiado la evolución mental de la humanidad. Lo que antes del monoteísmo era natural o sin importancia (la confusión «objeto»-«símbolo»), se ha transformado en un obstáculo peligroso nada más aparecer el mensaje mosaico.

Pero la intervención y la historia de este mensaje pertenecen al «milagro». Por primera vez en la historia de la humanidad (siglos IX-VIII a.C.), surge una firme voluntad de proselitismo. Cuando el mensaje de Moisés fue adoptado por las elites de Jerusalén, la historia de Oriente cambió. La «evolución» natural habría desembocado en una religión como la de Elefantina. Pero la violencia, el *pathos*, el genio y las lágrimas de una elite desembocaron en monoteísmo absoluto, profetismo, mesianismo...

(1937)

EL SIMBOLISMO DEL ÁRBOL SAGRADO

Recientes investigaciones en el campo de la etnografía, la arqueología, la historia de las religiones, parecen rebatir cada vez más seriamente la así llamada «estupidez primitiva». Sabemos que la fórmula preferida a finales del siglo XIX era, tanto en las ciencias del hombre como en las ciencias naturales, el evolucionismo. Al principio, el hombre era imbécil y asustadizo; con el paso del tiempo, se ha hecho más listo y ha superado ciertos miedos absurdos; y, en un futuro más o menos lejano, el hombre se perfeccionará llegando a ser más inteligente, más moral, más fuerte. Hoy en día pocos se atreven a hacer una afirmación tan categórica. A medida que penetramos en el sentido de la «historia», su función se muestra más paradójica; porque lo que *ha sido*, no siempre es inferior a lo que *es*. El paso del tiempo, la «historia», no enriquece automáticamente la sustancia de una creencia o de una institución. Por ejemplo, no se puede sostener que todo lo que era *al principio* (ideas, costumbres, etc.) era inferior a lo que *es* ahora o a lo que será dentro de cien años. Incluso descartando la idea de los ciclos históricos (que implica la fatal «decadencia» de cualquier cultura o pueblo creador de historia), no se puede sostener de forma categórica la incuestionable inferioridad de las cosas que fueron al principio frente a las cosas más recientes. En el orden espiritual, los «orígenes» tienen, casi siempre, un valor absoluto, como una *revelación*. Un mensaje religioso, una gran idea, incluso un amor, no se enriquecen con la historia, ni con el paso del tiempo. Al contrario, el tiempo erosiona y adultera tanto los valores absolutos del espíritu como los valores de la vida. Una idea, una vez que haya sido comprendida, empieza a degradarse; un amor o una religión cambian, se alteran, al ser compartidos o «vividos». La historia corrompe. Ciertamente, esta «corrupción» es, a menudo, una victoria de la vida, la prueba de que aquí abajo nada puede petrificarse y que incluso los valores absolutos del espíritu, que permanece siempre igual a sí mismo, pueden «germinar», es decir, pueden descomponerse y dejar de ser lo que han sido.

Muy pocas formas de pensamiento arcaico fueron comprendidas durante el siglo XIX. Un exceso de cientificismo y de historicismo le ha cerrado el acceso a las formas del pensamiento tradicional: el mito, el símbolo, el icono, etc. O incluso consideraba a los que las comprendían de forma natural, por su solidaridad con las formas arcaicas de pensamiento, netamente inferiores a los occidentales y, en general, a los «civilizados». La misma actitud y el mismo orgullo occidental han demostrado los misioneros cristianos, al entrar en contacto, por ejemplo, con las culturas asiáticas. Han tenido que pasar decenios para que empiecen a comprender la función de los «ídolos» en los cultos de la India; para comprender que incluso el más ignorante devoto hindú no rezaba a su «ídolo» de piedra o de cerámica, sino al *poder sagrado* que habitaba allí. También han tenido que pasar largos años hasta que los occidentales se han convencido del sentido cosmológico de tantos emblemas y signos pictográficos, frecuentes en todas las culturas prealfabéticas y que tomaban por meros ornamentos, sin ninguna significación importante, útiles solamente para las operaciones «mágicas». La investigación minuciosa y paciente del simbolismo arquitectónico asiático, llevada a cabo en los últimos veinte o treinta años, del simbolismo de las piedras preciosas y de los vestidos, de la danza y de los gestos manuales «primitivos», del arte y de los lenguajes secretos, etc., ha logrado modificar el criterio heredado del siglo XIX. Y, sobre todo, la comprensión de las artes extraeuropeas (recordemos en este sentido la importancia del descubrimiento de los cánones estéticos hindúes y chinos) ha ayudado a la conciencia occidental a acceder a un número considerable de documentos que hasta entonces habían pasado inadvertidos.

Al menos por ahora se ha conquistado un nuevo punto de partida para este tipo de investigaciones: todo lo que ha sido expresado en una cultura arcaica (a través de signos, gestos, ritos y mitos) tiene una significación metafísica, es decir, remite a un sistema de afirmaciones coherentes sobre la realidad última. Es interesante señalar que también los investigadores que se limitan a recoger, clasificar e interpretar series reducidas de hechos, sin mostrar ninguna preocupación teorética, han llegado a las mismas conclusiones. Al analizar a fondo su material documental y al desechar las supersticiones evolucionistas del siglo pasado, se han visto obligados a proponer consistentes concepciones metafísicas, allí donde sus predecesores veían simples «supersticiones» mágicas.

He aquí, por ejemplo, dos recientes publicaciones sobre el arte y la iconografía hindú: Nell Perrot, *Les représentations de l'arbre sacré sur les monuments de Mésopotamie et d'Elam*[4] y Hélene Danthine, *Le palmier-dattier et les arbres sacrés dans l'iconographie de l'Asie occidentale ancienne*[5]. Las dos autoras han llegado al orientalismo a partir de estudios específicos en los campos de la arqueología y la historia del arte. Por otro lado, gran parte de sus libros se dedica al análisis formal de los árboles sagrados en los monumentos asiáticos. Por muy interesantes que sean sus conclusiones para el arqueólogo y el historiador del arte, no nos detendremos en ellas.

Nos parecen más interesantes las perspectivas abiertas por sus estudios para la comprensión del simbolismo arcaico oriental. Porque el árbol (como otros frecuentes emblemas representados sobre los monumentos) tenía, para los antiguos, un significado exclusivamente simbólico y religioso. Nunca encontramos representaciones completamente realistas del árbol, afirma la señora Danthine (p. 76). Ni realismo, ni arte decorativo, sino un valor religioso cosmológico y metafísico. «Ante estas representaciones, no podemos pensar ni en presupuestos realistas, ni en un objetivo decorativo; su razón de ser es, obviamente, religiosa; quizá intenten disimular para los ojos profanos el sentido exacto, mágico de las figuras; conocemos por los textos esta tendencia hacia el esoterismo» (p. 78). Incluso el paisaje, cuando aparece sobre los monumentos mesopotámicos, tiene un valor religioso. Escenas que a primera vista parecen ser profanas (ceremonias agrícolas, silvestres, escenas de caza, etc.), no ocurren en un espacio profano y no pertenecen a este mundo. Representan actos con un contenido religioso, episodios que se desarrollan en un mundo sobrenatural. Las famosas «escenas de caza y lucha» de los monumentos mesopotámicos se refieren a otra cosa de lo que parece a primera vista. Su espacio es un espacio *extraprofano*, mágico. Ciertos emblemas lo proyectan sobre otro nivel que el terrestre. Los jóvenes cabritos que se levantan para coger unas cuantas hojas de un arbusto (escena muy frecuente en la glíptica mesopotámica) tienen una significación religiosa. Los caprinos, asociados al árbol, son un emblema de la fertilidad y estas escenas, en apariencia tan profanas, tienen un valor religioso.

El árbol es la fórmula iconográfica de la realidad absoluta, así como Brahmán es su fórmula mítica o dialéctica. Para los que entienden el lenguaje simbólico de la iconografía, la expresión «Brahmán es el Todo» puede ser fácilmente traducida por la representación del árbol en un

4. Paul Geuthner, Paris, 1937. La referencia a las páginas de esta edición se da entre paréntesis detrás de las citas.

5. Paul Geuthner, Paris, 1937. Las páginas de esta edición, entre paréntesis a continuación de las citas.

monumento oriental. Es evidente que también el simbolismo del árbol, como todos los símbolos arcaicos, es polivalente. «A veces aparece como un símbolo de la divinidad... a veces es la morada de dios... en otra parte es el árbol de la vida cuyos frutos ofrecen la bebida de la inmortalidad o es simplemente un vegetal con virtudes terapéuticas» (Perrot, p. 19). Ciertamente, esta polivalencia simbólica puede desorientar a los investigadores que se limitan únicamente a comparar ciertas series de hechos. Así pues, algunos arqueólogos han pensado que estaban descubriendo, sobre los monumentos mesopotámicos, el árbol de la vida que aparece en las Escrituras, otros, el árbol cosmológico o el árbol de la sabiduría, mientras que otros pensaban que se trataba simplemente de un culto al árbol.

Es inútil añadir que tampoco estas eruditas autoras agotan la exégesis del simbolismo del árbol sagrado en Oriente. Por otra parte, tampoco se proponen este objetivo que sale del ámbito arqueológico e iconográfico. Pero la señora Nell Perrot hace una afirmación tanto más reconfortante, cuanto que procede de una especialista en arqueología y no de un espíritu familiarizado con la historia de las religiones o con las filosofías orientales: «No existe un culto del árbol en sí mismo; bajo esta representación se esconde siempre una entidad espiritual» (*ibid.*). Este hecho nos demuestra que la espiritualidad arcaica se ha vuelto accesible, por lo menos en sus aspectos periféricos, incluso para los «hombres de ciencia», para los técnicos. Se trata de un hecho significativo desde varios puntos de vista. Por fin se pone de manifiesto que ninguna investigación «científica» puede obtener algún resultado, si el autor no posee una idea clara del objeto propiamente dicho de su investigación. Por ejemplo, al ignorar el simbolismo del árbol sagrado y al investigar los monumentos que representan este árbol a partir del prejuicio de que se trata de un «culto a los árboles», el investigador no podrá llegar a ningún resultado esclarecedor. Porque una cosa es creer que el árbol dibujado es simplemente una copia del árbol real ante el cual se prosternaban todos los fieles para adorarlo y otra muy distinta es saber que el árbol del monumento es un símbolo que refleja, iconográficamente, la Realidad absoluta, la vida intuida como totalidad.

La señora Danthine llega a la conclusión de que el árbol sagrado mesopotámico es más bien un símbolo que un objeto de culto. «No es la copia de un árbol real, más o menos adornado, sino más bien una estilización totalmente artificial y, más que un verdadero objeto cultual, parece ser un símbolo dotado de un gran poder benéfico» (pp. 163-164). La afirmación, a pesar de la prudente actitud de la autora, tiene consecuencias incalculables. Lo que la señora Danthine llama «una estilización puramente artificial», es un reconocimiento de la primacía de lo *abstracto* en el arte arcaico, primacía que ha podido ser comprobada en varios ámbitos (amerindio, paleoasiático, austroasiático, hindú, etc.). Al principio está el emblema, el símbolo, el signo y no la copia de la realidad, lo concreto, lo fragmentario. El arte y la iconografía tradicional expresan la *res universalia* a través de símbolos abstractos: la espiral, la voluta, el zigzag, la esvástica, el círculo, el triángulo, los meandros, etc. Incluso cuando se intenta expresar plásticamente un concepto metafísico a través de un modelo extraído de la *vida* (como son el árbol o el «monstruo»), se procede a una construcción arbitraria, *abstracta*, de la imagen. La historia del arte hindú nos enseña que algunas culturas han empezado a formular *ideas* a través de signos anicónicos, es decir, han intentado conseguir la revelación de estas ideas sin la mediación de formas concretas, extraídas de la vida. Tanto lo «abstracto» como lo no figurativo han precedido a lo «concreto» y al icono. Buda empezó a ser representado iconográficamente a través de un *espacio vacío*, después a través de la huella de un pie y solamente mucho más tarde, bajo la influencia de la escultura griega, han aparecido las primeras representaciones antropomórficas de Sakyamuni. No se trata solamente de un ejemplo aislado. Incluso en el arte religioso griego, la idea pura precedió a lo concreto antropomórfico. Hermes empezó siendo un *hermes* (una piedra fálica); Afrodita, un cono; Pallas, un *palladion*. Al principio, pues, el *poder* era impersonal, absoluto, total, y se actualizaba en ciertas cosas amorfas; sólo después han venido los procesos de concretización, de personificación, etcétera.

A continuación, la señora Danthine nos dice: «En realidad nuestras representaciones no parecen indicar tanto un culto de la vegetación, sino más bien uno de la fertilidad y la fecundidad» (p. 164). En los documentos mesopotámicos se representan a menudo capullos y hojas jóvenes como símbolos de la fertilidad. Pero la «fertilidad» es, en el orden de las realidades biológicas, lo mismo que lo *óntico* en el orden metafísico. El árbol representa plásticamente la fertilidad, pero el árbol cósmico expresa la Creación, *the coming into being*. La fertilidad, la fecundidad son meros atributos de la *realidad absoluta*. Nada puede nacer y brotar, si no lo hace de lo que ya lo es. Podríamos añadir muchas otras observaciones sobre esta interpretación, pero no es éste el sitio apropiado. El lector puede encontrarlas, ampliamente desarrolladas, en nuestro libro *La Mandragore**.

Un símbolo que procede de una cosmología coherente, como es el caso del árbol sagrado para los mesopotamios, puede tener, en otra

* Anunciado varias veces por M. Eliade, este libro nunca se llegó a publicar. [*N. del T.*]

cultura vecina, un papel meramente decorativo. La representación de los árboles sobre los monumentos es muy frecuente en toda la cuenca del Mediterráneo y aunque en el Egeo, por ejemplo, haya sido un emblema de la Gran Diosa, su papel sigue siendo predominantemente decorativo (p. 191). Hélène Danthine se limita a constatar el hecho, sin darle ninguna explicación. Pero, en realidad, el árbol llega a ser «decorativo» en el mundo Egeo, porque otro símbolo (la mujer, la serpiente, la paloma) lo ha sustituido en la religión y la iconografía. La fertilidad y la fecundidad se expresan, en el Egeo, a través de un simbolismo prestado de la biología y la erótica. ¿Acaso es posible que este simbolismo afín a las realidades «vivas», concretas, deje entrever la revolución mental provocada por la mezcla de razas prehelénicas y helénicas? Lo único cierto es que la *idea*, en el mundo Egeo, se comunica a través de emblemas vitales y no de emblemas construidos arbitrariamente. Pero la primacía del símbolo sigue en pie. Incluso podríamos hablar de la ecumenicidad del símbolo eurasiático. Porque si el *árbol* representa, en Mesopotamia, la misma realidad absoluta que, en el mundo Egeo, es representada por la *mujer* o la *serpiente*, entonces podríamos encontrar en otras culturas cercanas asociaciones de estos símbolos. Por ejemplo: la mujer-la serpiente-el árbol entre los judíos premosaicos, la mujer-el árbol entre los hindúes; la mujer-la serpiente en las culturas austroasiáticas, etcétera.

Todas estas asociaciones nos llevarían demasiado lejos si las sometemos a un examen en profundidad. Para concluir, sólo una observación más: al principio de estas notas decíamos que *la historia corrompe*, que el paso del tiempo adultera los sentidos primordiales del símbolo; que la idea de progreso, tan cara para el siglo XIX, tiene que ser sustituida, al menos en algunos sectores de la vida del espíritu, por la idea de regresión. El símbolo del árbol, por ejemplo, tiene mucha más coherencia metafísica en el tercer milenio a.C. que en los primeros siglos del cristianismo, en las mismas regiones asiáticas. Asistimos a una especie de degradación, pero no del símbolo en sí mismo, sino de la comprensión de su sentido oculto. Cuando dejó de ser considerado como una fórmula «vegetal» de la realidad absoluta, el árbol sagrado empezó a ser valorizado desde el punto de vista decorativo. El símbolo, al vaciarse de su contenido metafísico, originario, fue conservado por sus cualidades estéticas o empíricas. No es el único caso, por otra parte. El arte popular de todos los países conserva series enteras de símbolos cosmológicos que, desde hace mucho tiempo, se han transformado en meros «motivos» decorativos.

(1939)

GEORGE BERNARD SHAW Y LA VIRGEN NEGRA

George Bernard Shaw tiene una excelente opinión de sí mismo, como de cualquier otro pionero. Sin embargo, al intentar explicar y comprender lo que quería decir en su breve y deliciosa «novela filosófica» llamada *The Adventures of the Black Girl in Her Search for God*[1], ha escrito un epílogo menos interesante que el relato propiamente dicho. He aquí que ha empezado a tener talento, diría alguno. Porque, hasta ahora, los prefacios de sus obras eran más interesantes que las obras mismas; su inteligencia más convincente que su talento.

Ignoro dónde termina el talento y dónde empieza la inteligencia. Intentar separarlos no tendría ningún sentido aquí. Nada es exagerado, nada es falso en las cincuenta páginas que narran las aventuras, las experiencias, los encuentros de la virgen en busca de Dios. Ella deja un buen día su pueblo africano y cruza los bosques, desnuda, sin miedo, anhelando a Dios con todo su ser, deseando conocerlo, acercarse a él. Tanta sed de Dios, de metafísica y de certezas ya no se puede encontrar más que en un negro. Como tampoco una inteligencia tan pura, tan natural, como la que demuestra la heroína en sus diálogos con Dios y los profetas que encuentra en su camino.

La alegoría y la pedagogía de este cuento filosófico me parecen menos interesantes. Sabemos que Shaw siempre quiere enseñarnos algo; pero en lugar de recurrir a los hechos, recurre a la inteligencia. Tiene que demostrar esto o aquello. Algo completamente inútil, porque se puede demostrar cualquier cosa, pero no se puede plasmar lo que sea en

1. Constable, London, 1932. [*Aventuras de una negrita en busca de Dios*, trad. de B. Gómez Ibáñez, Galaxia Gutenberg/Círculo de Lectores, Barcelona, 2007.]

hechos, ni se puede conmover con cualquier fruslería. Por eso la conclusión que Shaw ha escrito para comprender su propia narración es menos interesante, aunque sea brillante y creíble en sus líneas generales. Pero hay algo que seduce en su epílogo: el ataque contra la ausencia de estilo y contra la incapacidad metafísica de la conciencia moderna.

Shaw ha escrito este relato audaz e incisivo para demostrar que una inteligencia aguda y recta no sabría encontrar la paz sin conocer a Dios, que esa inteligencia puede poner en apuros a un sabio agnóstico, que se basta ella sola para poder despreciar la fría perfección de los dioses de la Antigüedad, la viril cólera de Yahvé o el «amor» cristiano. Las palabras de la joven negra sobre el amor como medio para conocer a Dios y para comunicarse con él (el amor tal como es comprendido y vivido, por supuesto) merecen ser citadas: «Vengo a ti para decirte que te amo. Esto significa que vengo a gobernarte. Vengo con el amor de una leona, te devoro y te transformo en una parte de mí mismo. Desde ahora ya no pensarás en lo que te gusta a ti, sino en lo que me gusta a mí. Me pondré entre ti y tú mismo, entre tú y Dios. ¿Acaso no sería una espantosa tiranía?».

Por supuesto que un espíritu tan poco sofisticado como el de esta joven no se sentirá satisfecho con ninguna de las imitaciones de Dios que encontrará a lo largo de su accidentado camino a través del bosque. Ella tiene una única certeza: Dios le ha dado un espíritu para pensar, le ha dado los medios de comprensión para servirse de ellos; ¡no los despreciará, no se dejará a la buena de Dios, ni le dejará pensar por ella! Igualmente sabe que nuestro cuerpo y nuestro espíritu necesitan de la ayuda de otros cuerpos y otros espíritus. Al mismo tiempo que nuestra alma debe permanecer sólo con Dios. Pero ¿dónde está y cómo encontrarlo? La pobre mujer no tiene otro apoyo que su inteligencia y lo único que sabe es lo que ansía (que ya es mucho), pero no sabe cómo buscarlo. Ella avanza y plantea preguntas. Hasta el día en que encuentra al *monsieur* Voltaire, quien le explica que Dios no puede ser visto, que la única cosa que le queda por hacer es cultivar su jardín, y, al final, casarse con un irlandés y criar a su prole. Ésa es para Shaw la solución al problema de Dios.

Una solución tan banal como las que son blanco de sus críticas en el epílogo. Pero es el mejor final posible para las inverosímiles aventuras de esta joven tan inteligente como pura. Si, recorriendo los bosques, ella hubiera hecho algo más que plantear preguntas sobre Dios —si hubiera vivido, por ejemplo, si hubiera pecado—, el final del relato habría sido quizá distinto. Pero no, la heroína de George Bernard Shaw es inmaculada, recta, inteligente y abstracta como ese Dios que está buscando. ¿Por qué no habrá tropezado en su camino con un imbécil que le habría explicado que uno se arriesgaba a perder a Dios antes que encontrarlo, con una inteligencia tan brillante?

(1933)

SOBRE SAMUEL BUTLER

El 4 de diciembre de 1936 se cumplen cien años de la fecha de nacimiento del más original escritor inglés del siglo XIX: Samuel Butler (muerto el 18 julio de 1902). «Un moderno en medio de la época victoriana» (*a mid-victorian modern*), ha dicho de él, recientemente, un crítico. Un moderno, o, si queréis, un «revolucionario» de tipo socrático, con el que se enorgullecen ahora las letras inglesas, pero que igualmente podría ser reivindicado por la biología, la filología clásica y la moral. Butler mismo dejó escrito al lado de su nombre, en el fichero de la biblioteca del Museo Británico, el calificativo que mejor le definía: *philosophical writer.* «Autor de descripciones filosóficas»; es decir, moralista y utopista, aficionado a las controversias teológicas y sociales, un ensayista. Durante su vida ha publicado más de quince volúmenes, pero solamente el primero ha conocido un cierto éxito de público, *Erewhon* (1872)*. Quizá porque la primera edición salió sin el nombre del autor y el público pensó que se trataba de Bullwer Lytton (que había publicado poco antes, también de forma anónima, una novela que recordaba vagamente el imaginario viaje de Butler); o quizá porque este género literario (la utopía) convenía más a los gustos y la tradición del público de elite inglés. En cualquier caso, todo lo que Butler publicó a partir de esta fecha, pasó completamente inadvertido. Ni el público, ni la crítica le han prestado especial atención.

«Algunos piensan que a lo mejor sufro y me desanimo porque mis escritos no encuentran ni el más mínimo eco; pero si la gente lee o no lee mis libros es un asunto que les concierne solamente a ellos y no a mí», apuntaba Butler en sus *Cuadernos.* La lectura de otros textos de los *Cuadernos* nos da a entender que, aunque haya asumido con heroico es-

* *Erewhon*, trad. de E. Preteceille, Círculo de Lectores, Barcelona, 2001. [*N. del E.*]

toicismo el silencio que envolvía su obra, sufría mucho por su culpa. Pero quizá le molestaba mucho más el silencio de los «críticos», es decir, de la elite intelectual; en efecto, me cuesta creer que Butler soñó conquistar alguna vez la fama con los libros publicados durante su vida. Tal como veremos, aparte de *Erewhon*, no publicó más que ensayos filosóficos sobre el evolucionismo o sobre la «memoria inconsciente», sobre la autenticidad del *Evangelio de Juan*, sobre el azar y la suerte, dos volúmenes de impresiones de viaje por Italia junto con un exquisito pero riguroso tomo sobre *la autora* de la *Odisea*. Aunque pasáramos por alto sus revolucionarias ideas, todos estos libros tienen un incontestable mérito literario. Pero no estaban pensados para «lanzarle» o imponerle como escritor. Butler apareció como un meteorito en la literatura inglesa un año después de su muerte, en 1903, cuando se publicó su gran novela *The way of all flesh*, novela que Valéry Larbaud tradujo bajo el tan acertado título de *Ainsi va toute chair*[1]. Y la gloria literaria de Butler quedó definitivamente consolidada pocos años después, cuando Henry Festing Jones editó gran parte de sus «cuadernos»[2]. Estas dos obras póstumas son, al mismo tiempo, la parte más valiosa de su producción. Así pues, la exasperación de Butler contra su destino literario no siempre ha estado justificada. Si hubiera publicado *El destino de toda carne* en 1884, cuando la terminó de escribir, su éxito habría sido al menos tan grande como el de *Erewhon*. El «público» y los «críticos», que tanto le irritaban a veces, se dieron cuenta enseguida de que estaban ante una obra de un valor incontestable. Por otra parte, las tres obras maestras de Butler, *Erewhon*, *El destino de toda carne* y los *Cuadernos*, han «dado que hablar» y se han impuesto desde el primer momento de su aparición.

No intento en absoluto absolver a aquellos contemporáneos de Butler que dejaron pasar inadvertidos tantos libros sustanciales. Pero me parece que empiezo a comprender los entresijos del atroz silencio que había rodeado su nombre. El «sabotaje» no se debe solamente al hecho de que Butler criticó las dos grandes «fuerzas» de su tiempo: la Iglesia y la Ciencia Oficial; sino, ante todo, a la estructura específica de su forma de pensar y escribir. Estructura que podríamos llamar «autobiográfica», si le otorgásemos a esta palabra el amplio sentido de «estar anclado en lo concreto», de experiencia personal y autonomía. Butler escribía de forma

1. 2 vols., Nouvelle Revue Française, Paris, 1921. [*El destino de la carne*, trad. de J. J. Zaro Vera, Alba, Barcelona, 2001.]

2. *The Notebooks of Samuel Butler*, 1912; la traducción de Larbaud: *Carnets*, Nouvelle Revue Française, Paris, 1936. [*Los cuadernos de Samuel Butler*, trad. de C. Serra Simó, Cort, Palma de Mallorca, 2008.]

«autobiográfica» incluso cuando estaba discutiendo la teoría de Darwin o criticaba la autenticidad de los textos evangélicos. Esto es, siempre ha dicho lo que «él pensaba», a partir de cosas «vistas por él», prescindiendo completamente de los cánones preestablecidos de la exégesis teológica, ignorando las disciplinas preliminares de cualquier crítica «objetiva» de la teoría evolucionista. Butler mismo se dio cuenta de que no disponía de ninguna «calificación» especial para participar en estas disputas aparte de su inteligencia y de algunas intuiciones personales. Solamente una vez intentó justificar su teoría de la memoria inconsciente apelando a la autoridad de un «oficial», Hartmann (en sus *Cuadernos* desmiente cualquier influencia, y, de hecho, nunca hubo ninguna, porque Hartmann hablaba de cosas totalmente distintas). Butler hacía lo que, equivocadamente, llamamos «diletantismo». Es cierto que ha aportado ideas originales y fértiles, pero nunca han sido tomadas en serio. Por una parte, porque estaban en contra de la moda de su tiempo. Por otra parte, porque eran «autobiográficas» (quizá la causa principal de su aislamiento), es decir, porque pertenecían a alguien llamado Samuel Butler, que no tenía el respaldo de ningún dogma o disciplina y que hablaba exclusivamente en su nombre.

El destino de Butler se explica con facilidad. La gente ama la «autobiografía», pero se muestra incapaz de aceptarla, si no adopta el disfraz literario o la forma del «Diario». Solamente después de haber leído semejante autobiografía literaria, después de haber aprendido a amar y conocer a un autor a través de su novela autobiográfica y sus cuadernos íntimos, le permitirán ejercitar la autobiografía en cualquier campo, sea el campo de la teología o el de la biología. Pero antes era necesario que el autor en cuestión llegara a ser un *hombre* interesante, digno de ser conocido y amado. Butler mismo confiesa que lo primero que despierta su interés por un autor es el hombre; y que, una vez que se haya despertado el interés, le acompañará y le amará en todo lo que haga o produzca. Escribir un extraño libro sobre la evolución sin tener ninguna «calificación» científica, un libro firmado por Samuel Butler, no impresiona a nadie. Su nombre no evoca nada. Y el libro no atrae, porque ni siquiera es un libro «objetivo», científico o instructivo. Es un libro de controversias personales; uno de los tantos que invaden los escaparates cada año, escrito por un diletante o por un maníaco. Pero cuando este nombre está relacionado con una obra literaria de gran valor o con un diario íntimo tan sugestivo como los *Cuadernos*, entonces cualquier trabajo firmado por ese mismo nombre atraerá la curiosidad del lector sin importar el tema.

Butler hizo una mala gestión de su obra. Publicó obras autobiográficas en varios campos, sin haber publicado anteriormente su propia novela autobiográfica; es decir, sin haber llegado a ser, ante los ojos del público, un *escritor*. Hecho válido tanto para sus obras completas en inglés, reeditadas varias veces, como para la traducción francesa de Valéry Larbaud (en 5 vols.). Ciertamente, después de la aparición de su novela y, sobre todo, después de la publicación de sus *Cuadernos*, se reeditaron todos sus libros en Inglaterra. No se trata de un gran «éxito» (la obra de Butler nunca llegará a tener tal éxito, a pesar del optimismo de Larbaud), pero sí de un sincero y creciente interés hacia *todo* lo que escribe Butler. Los lectores y admiradores del *escritor* también le seguirán cuando Butler deje de hacer literatura: en el darwinismo, en la cuestión homérica, en las controversias teológicas o shakesperianas. La versión francesa de sus obras capitales ha tenido el mismo destino. Larbaud se muestra un poco decepcionado por el escaso éxito de los primeros cuatro volúmenes. Pero si se hubiera empezado por la publicación de *Ainsi va toute chair*, los *Cuadernos* y solamente después sus otros libros, *Erewhon*, *Nouveaux voyages en Erewhon* y *La vie et l'habitude,* otro habría sido el destino de Butler en el Viejo Continente.

Al ser autobiográfica, la obra de Butler refleja, ante todo, un esfuerzo continuo y depurado de fidelidad hacia sí mismo, es decir, un acto de valentía intelectual y moral. Tanto en su época, como en la nuestra, se tiene una idea errónea de la *valentía*. Se pensaba que ser valiente significaba tener opiniones y creencias inamovibles. Eres evolucionista o eres cristiano, dices *no* o *sí*. Pero Butler rechazó desde el principio practicar la «valentía» de las opiniones globales; es decir, rechazó alistarse definitivamente bajo una bandera u otra, estar con los curas o con los evolucionistas, creer en la letra del Evangelio o en *El origen de las especies*. Aunque había dejado de creer en la letra del Evangelio, no rechazaba en bloque el cristianismo. Y aunque creía en la evolución, criticó duramente a Darwin, el ídolo de su época. Butler sabía que la auténtica valentía no consistía en decir *sí* o *no* frente a la realidad, sino en conservar la autonomía de la inteligencia, en examinar con atención los hechos y las verdades, en rechazar o aceptar *ciertas* cosas que estaban en conformidad con su pensamiento. «Autobiografía», no dogma teológico. «Autobiografía», no disolución total en la corriente de la opinión contraria, la corriente evolucionista.

Nunca pudo renunciar a esta conformidad consigo mismo, con su experiencia, con sus capacidades de intuición y de pensar. No le gustaba Beethoven y lo dijo. Prefería a Haendel. Nunca le habían gustado Leonardo da Vinci, Rafael o Miguel Ángel. Prefería a Bellini y a Gaudenzio Ferrari. Renan le daba lástima. Esquilo le resultaba ridículo (de toda la literatura dramática griega se quedaba solamente con Aristófanes). Pensaba que no había nada memorable en las cartas de san Pablo. Y lo dice sin tapujos. *No le gusta*. Reconoce haber hecho grandes esfuerzos para salir del género «autobiográfico», para aceptar los valores objetivos, universales (Dante, Beethoven, Wagner), pero nunca lo logró. Este hombre que pensaba, juzgaba y elegía sin importarle de dónde, únicamente elegía lo que estaba conforme con su mundo de ideas y emociones.

Al decidirse a escribir una novela, su única novela (pues nunca pensó en escribir otra), la compuso siguiendo un modelo estrictamente autobiográfico. Creo que no habría podido hacer de otra forma, aunque *The Way of All Flesh* es un libro épico, escrito en tercera persona y de una construcción impecable. A pesar de haberlo terminado de escribir muy pronto, Butler posponía indefinidamente su publicación. Era una confesión demasiado sincera de su vida de familia. Pero sabía que una vez editado después de su muerte, este libro le iba a consagrar definitivamente en la historia de la literatura inglesa. Por eso tomó todas las precauciones para conservar y clasificar el «material» de la biografía (cartas, notas, diarios). Editó él mismo sus cartas, después de recuperarlas de sus destinatarios, corregidas y anotadas. También hizo varias copias litográficas de sus voluminosos *Cuadernos* y le regaló una a su amigo Henry Festing Jones (que editó en 1912 una primera entrega de *Selections*).

En una nota de sus *Cuadernos* confiesa: «A veces, la gente me da a entender que es una prueba de ridícula vanidad por mi parte escribir tantas notas y observaciones sobre mí, porque demuestra que albergo la esperanza oculta de que, algún día, seré considerado un personaje interesante. Les contesto que ni yo, ni ellos pueden estar seguros de lo que ocurrirá después de mi muerte. Pero todos los indicios apuntan a que no será así». En otras muchas notas, Butler deja entrever la confianza que tenía en su relativa «inmortalidad literaria» (relativa, porque sabía que cualquier gloria se apaga algún día, incluso la de Shakespeare). A veces se queja, no solamente en sus anotaciones íntimas, sino también en los ensayos destinados al gran público, del tratamiento injusto que había recibido su carrera literaria. Por supuesto que si hubiera publicado *The Way of All Flesh* durante su vida, su suerte habría sido totalmente distinta; pero al mismo tiempo le habría procurado enormes disgustos. En una nota íntima observa que los creadores necesitan de *todo* su tiempo. No tienen que desperdiciarlo en visitas, círculos literarios o intervenciones. Los escritores tienen que escribir libros, nada más. Quizá no habría podido trabajar tanto, nos confiesa en una nota, si no hubiera sido un desconocido y un solitario.

Sin embargo, *El destino de toda carne* no llegó a ser publicado. Era una novela autobiográfica que contenía tales ataques contra la familia y la moral burguesa, que su miedo estaba perfectamente justificado. Sigamos el recorrido de su vida, para comprender mejor su novela y la «valentía» de aislarse en medio del tumulto levantado por las más frenéticas adhesiones del siglo (la solidaridad en torno a Darwin alcanzaba, por momentos, la tensión e intransigencia de una secta mística).

La vida de Samuel Butler empezó en 1858, cuando, en vísperas de la ceremonia de su consagración como pastor, rechazó la carrera eclesiástica por dudar de la eficacia del bautismo en los niños. Hasta aquel momento se había formado a la sombra de la familia y del colegio, como cualquier joven obediente y aplicado. Hijo del pastor reverendo Thomas Butler, estaba destinado a la carrera eclesiástica incluso antes de nacer. Pero el joven Samuel no tenía ninguna inclinación hacia el sacerdocio, aunque nunca se lo confesó con franqueza a su padre. El terror difuso de la familia, la autoridad tan inocentemente jesuítica del padre, toda la trama de hipocresía y chantaje moral que describe, con sereno e inimitable humor, en *El destino de toda carne*, eran como un muro infranqueable. Pero, el día anterior a su ordenación eclesiástica, Samuel encuentra en sí mismo la suficiente valentía para oponerse. Sigue una larga y penosa correspondencia entre el padre y el hijo (quedan indicios y fragmentos de ella en *El destino de toda carne*), para romper después cualquier tipo de relación concreta, y Samuel —con el consentimiento de la familia— se embarca, en uno de los últimos días del mes de septiembre de 1859, en el barco *Roman Emperor*, con destino a Nueva Zelanda. Desembarca en Puerto Lyttelton y elige un lugar que denomina «Mesopotamia» (cerca de las cascadas de Rangitata), donde se dedica a criar ovejas. Se queda en Nueva Zelanda hasta 1864, cuando vende todas sus ovejas, asegurándose una modesta renta para poder vivir en Londres, y vuelve a la patria. Entre sus compañeros de viaje estaba un tal Charles Paine Pauli, al que había conocido en la colonia y a quien le dedicaría su *Life and Habit*. Sabemos muy poco de este joven estafador que, al llegar a Londres, se convertiría en un gran abogado, pero que nunca dejó de aprovecharse del dinero de Butler hasta 1898, el año de su muerte. Butler dejó apuntado que, entre 1864 y 1881, Pauli le pidió unas tres mil quinientas libras esterlinas sin recibo. Además, comió durante años a cuenta de Butler, y nunca le permitió hacerle una visita a su casa. A la muerte de Pauli, de la que Butler se enteró por los periódicos, se encontraron nueve mil libras; por otra parte, el biógrafo Festing Jones descubrió que Pauli ganaba más de mil libras al año, una suma considerablemente mayor que los ingresos de Butler. Incluso ahora se desconocen las razones de esta extraña amistad y el motivo por el cual Butler se dejó extorsionar durante más de veinte años. Es un misterio al que algunos biógrafos no dan ninguna importancia, pero que no quería que se me olvidase, para dejar constancia de la timidez y la extraordinaria ingenuidad de Butler, ingenuidad que contrastaba terriblemente con la lucidez siempre despierta de sus escritos, con su sarcasmo despiadado, con su gran penetración de la gente.

Una vez afincado en Londres, empieza a dedicarse seriamente a la pintura, pensando que tenía talento. Por desgracia, tal como él mismo reconoce (*Carnets*, p. 121), acudió a un profesor para aprender pintura. A pesar de que le dedicó más tiempo que a cualquier otra ciencia o arte que había estudiado, nunca llegó a ningún resultado. «He hecho un gran esfuerzo, pero lo hice en la dirección equivocada». No era el tipo de artista que podía *aprender* algo a través de métodos y pedagogía. «No existe misterio en el arte», apuntaba en algún lugar de sus cuadernos (*ibid.*, p. 122), pero tampoco una pedagogía. Por eso volvió al ensayo. Cuando estaba todavía en Nueva Zelanda, publicó unos cuantos artículos en un periódico local, entre los que podemos destacar «Darwin entre coches» (que incorporó más tarde a su *Erewhon*) y un *Examen crítico* de las pruebas de la resurrección de Cristo, que publicó en 1865. Se decide a perfeccionar los artículos de Nueva Zelanda y a centrarlos alrededor de una «acción» (el viaje a un país imaginario), publicando con gran éxito, en 1872, la utópica *Erewhon*.

Sus «ideas» más importantes se encuentran en este libro. En primer lugar, la idea, tan revolucionaria para su época, de que los «pecados del alma», los vicios y la estupidez son enfermedades que tienen la misma importancia que las enfermedades del cuerpo. «¿Quién podría amar a un hombre enfermo de hígado?», se preguntará más tarde[3]. En el mismo libro expone la teoría de un *colegio para la patología espiritual*, teoría que tiene sus raíces en *Erewhon*. También en los *Cuadernos* (*Carnets*, p. 49) nos hablaba del «exceso de placeres espirituales», anticipando toda la literatura de Lawrence, Aldous Huxley e incluso algunas comedias de Bernard Shaw. El exceso de espiritualidad, de emociones estéticas y de voluptuosidades cerebrales es tan peligroso como las orgías. El ser humano se seca, se altera, se intoxica, si se entrega exclusivamente a esta clase de «placer». Este pensamiento de Butler contiene en sí el germen de toda una «literatura» escrita en Inglaterra durante los últimos decenios.

Desde 1870 o 1871, cuando conoció a Miss Eliza Mary Ann Savage (Alethea en *El destino de toda carne*), nada «extraordinario» volvió a ocurrir en la vida de Butler. Existen muchos indicios (revelados por la gran biografía de Festing Jones) de que entre *Miss* Savage y Samuel Butler había más que una platónica y cerebral amistad. Butler enviaba siempre

3. *The Way of All Flesh*, The Traveller's Library, p. 33.

a su amiga las obras en que trabajaba, incluso antes de tener preparado el manuscrito para su publicación. Y siempre tenía en cuenta sus observaciones. Esta mujer, pequeña, fea, sin ningún encanto y que sufría de dolores de espalda, le amó con desesperación (y, durante mucho tiempo, «en silencio»). Parece que el escritor tardó mucho tiempo en darse cuenta de este amor fanático y, en un soneto de 1901, publicado por Festing Jones[4], confiesa su incapacidad de sentir algo más que un mero amor platónico por *Miss* Savage. «Me decía que le gustaría que no distinguiera el mal del bien; pero no se trataba de esto; conocía el mal, y lo habría elegido si hubiera podido, pero el poder de elegir el mal se congelaba en mis venas a pesar mío». En verdad, como decía *sir* Gosse, «encontramos aquí uno de los más asombrosos ejemplos de traición a sí mismo».

Al margen de la amistad de la señorita Savage y de unos cuantos ingleses e italianos, a los que se acercó con el paso del tiempo, no encontramos ningún «acontecimiento» significativo en la historia de esta vida, que había empezado bajo el signo de la aventura. Cada verano pasaba dos meses en el continente, especialmente en Italia. Fino conocedor del norte y centro de Italia, escribió *Alps and Sanctuaries* (1881), obra que no alcanzó más de cien lectores en el momento de su publicación, pero de aquella clase de lectores de los que un autor se puede enorgullecer. Hacia el final de su vida viajó mucho por Sicilia. Es entonces cuando se dio cuenta de que la *Odisea* fue escrita por una mujer, es decir, por Nausícaa, la hija del rey Alcinoo. Varias veces volvió sobre el problema de la autora de la *Odisea*: en la conferencia «El humor de Homero»[5], en varios estudios más (algunos de ellos publicados en revistas sicilianas de la época), para dedicarle después un libro[6]. En 1900 llegó incluso a publicar una traducción en prosa de la *Odisea*, obra que amaba mucho y que conocía casi de memoria en el original griego.

Nadie creyó en la teoría homérica de Samuel Butler. Pero, ¡qué derroche de fantasía y humor encontramos en sus estudios sobre la *Odisea*! Butler observa que solamente una mujer podía haber descrito el episodio de Nausícaa, tan femenino y sutil; aquí aparece retratada, por primera vez en la literatura homérica, la presencia y la prestancia de la mujer; se habla con precisión de la vida cotidiana de las mujeres (la colada, etc.) y la mujer es dominante. Butler observa que la reina Arete habla siempre en nombre de «nosotros», de ella y del rey Alcinoo. También observa que el rey Alcinoo no le entrega a Ulises el talento pro-

4. Comentado por E. Gosse en *Aspects and Impressions*, Cassell, London, 1928, p. 88.
5. 1892; reed. en *Selected Essays*, Jonathan Cape, London, 1927, pp. 63-103.
6. *The Authoress of the Odyssey*, 1897.

metido y que cada uno de los jefes de la comunidad había entregado; no le ofrece ni siquiera el caldero o el trípode, que había pedido de los demás para cubrir de regalos a un huésped tan distinguido como Ulises. ¿Quién, si no la propia hija del rey Alcinoo, Nausícaa, podía permitirse tanta malicia hacia el rey o poner bajo una luz tan desfavorable las relaciones entre el rey y la reina?...

Aparte de sus estancias veraniegas en el continente, Butler llevó, desde la vuelta de Nueva Zelanda hasta su muerte, una de las existencias más monótonas de la cultura inglesa. No se le conoce ningún amor, ninguna aventura, ningún drama exterior. Su vida tenía la regularidad de un reloj y era muy austera (hasta la muerte de su padre), porque sus recursos eran reducidos. Perdió mucho dinero en una inversión en Canadá y tuvo que hacer un largo viaje hasta allí, pero el Nuevo Mundo no le impresionó y Canadá desapareció rápidamente de la geografía sentimental de Butler. Resulta curioso cuánta diferencia hay entre la vida cerebral y moral de Butler, por una parte, y su vida social, por otra. El más revolucionario escritor británico del siglo XIX se levantó durante veinte años a la misma hora, encendía a diario el fuego del baño, pasaba dos horas y media en el Museo Británico (donde tenía su mesa de trabajo y donde transcribía sus notas, libros, correspondencia íntima), y quedaba siempre con los amigos a las mismas horas. Festing Jones, que ha dedicado una extensa biografía (en dos volúmenes) a su ilustre amigo (y en la que nos suministra detalles tan poco delicados como la cantidad de calcetines y de pañuelos que Samuel Butler se llevaba en sus viajes), nos describe en la larga y calurosa introducción del volumen de *Selected Essays* la monótona vida que llevaba Butler. No podemos reproducir aquí, por falta de espacio, estas asombrosas páginas que nos revelan la más prosaica existencia posible de un burgués londinense. El revolucionario y vanguardista Samuel Butler no se permitía ningún capricho, ningún retraso, ninguna variación en su vida exterior. El hombre que justificó la función vital del vicio y de la libertad pasional, luchó durante años para dejar el tabaco. No encendía su primer cigarrillo hasta las tres de la tarde, y después, a intervalos bien conocidos, se fumaba seis cigarrillos, hasta las once de la noche, cuando se acostaba. Toda su vida intentó dejar de fumar y solamente consiguió reducir a siete el número de cigarrillos fumados en un día...

Pero, detrás de esta apariencia exterior tan monótona, ¡cuántas libertades y aventuras espirituales! En sus cuadernos recogía notas sobre cualquier tema que le caía en las manos, aunque tenía una especial predilección por la música, la pintura, la moral y la biología. Fue un diletante en todo, pero un diletante universal y genial. La riqueza de los *Cuadernos* supera cualquier imaginación. Encontramos en ellos más pensamiento, más humor y sensibilidad que en cualquier otro libro contemporáneo. Trabajaba con regularidad en su novela *The Way of All Flesh*, pero tenía dudas a la hora de publicarla. Tenía miedo y al mismo tiempo no estaba contento con la forma que le había dado. El libro era, a veces, tan revolucionario, que parecía cínico. Butler odió la vida de familia, pero la odió por lo que tenía de intolerable y definitivo. ¡En sus *Cuadernos* llega a confesar lo feliz que tuvo que ser Melquisedec, que nunca llegó a conocer a sus padres! La vida familiar necesita tener unos límites. A los jóvenes hay que darles libertad. Éste era el «cinismo» de Butler. Y también parecía cínico cuando exclamaba: ¡qué bueno es tener dinero! En *El destino de toda carne* hablaba de la pobreza como un «estado prenatal», fórmula que, después, retomaron Bernard Shaw y otros. Lo mismo se puede decir de su «cínica» actitud anticristiana, que no es otra cosa que una actitud antieclesiástica y antiprotestante. A Butler le incomodaba la riqueza de los prelados y la hipocresía protestante de su casa paterna. Por paradójico que parezca, Butler se acercaba mucho, en este sentido, a Søren Kierkegaard, con quien compartía muchos otros problemas centrales (la soledad; el problema de la «inmortalidad concreta»; la actitud antieclesiástica; el antihegelianismo; la figura de Sócrates). El problema de la «inmortalidad concreta» le obsesionó durante toda su vida. A lo largo de muchos ensayos, en los prefacios de sus libros y en innumerables notas íntimas, se interrogaba sobre la posibilidad que tiene el hombre de sobrevivir a la muerte física. Con razón observaba Butler que la vida de mucha gente no era más que una muerte parcial (*Carnets*, p. 45 y en muchos otros sitios). Y que, por el contrario, ciertos hombres creadores, como Shakespeare, empiezan a vivir cien años después de su muerte física. Esta observación es un *leitmotiv* de la obra de Butler. Preocupado por una «vida total», indivisible y «casi eterna» (a diferencia de la vida orgánica que se transmite por vía seminal), Butler se da cuenta de que se arriesgaba a «morir» definitivamente al no tener descendientes. «No dejaré después de mí una descendencia carnal, pero dejaré los hijos de mi propio espíritu» (*Carnets*, p. 357). Logra atisbar una huida de la «muerte total» a través de esta obra espiritual. «La verdadera vida no es la que llevamos en nosotros mismos, sino la vida que vivimos por delegación en los demás, de la que nada sabemos» (*Selected Essays*, p. 126). La idea, que permaneció oculta en algunos escritos de Kierkegaard, será relanzada con pasión y dramatismo por Unamuno. Es una de las pocas «soluciones soteriológicas» que ha creado el espíritu europeo moderno. No es uno de los mayores méritos de Butler, pero sí una de las más paradójicas actitudes de su espiritualidad «laica».

SOBRE ALDOUS HUXLEY

Podríamos escribir un interesantísimo estudio de literatura comparada si investigáramos la historia de los libros traducidos a un idioma en que se desconoce por completo la historia del autor. Es el caso de Papini, muy popular por su *Storia di Cristo*, menos por su *Un uomo finito* y totalmente ignorado como poeta. O el caso de Unamuno, a quien el exilio ha hecho tan popular que nadie sabía que era ante todo un erudito romántico y un polemista y no un novelista, ni un apologeta. Más sugerente es el caso de Wells, conocido como autor de novelas de ciencia-ficción. Y la lista podría seguir con James Joyce, Chesterton, Bernard Shaw, etc. Me refiero, por supuesto, a la traducción en francés de estos autores, idioma que los ha lanzado y puesto en circulación.

He evitado intencionadamente el caso de Lawrence, a quien el mundo editorial francés había puesto en una situación comprometida al presentar la traducción de *El amante de lady Chatterley* sin traducir previamente la formidable novela *Mujeres que aman* (*Women in love*), el único libro genial publicado en la literatura inglesa posterior a la guerra (fue escrito en 1916 y publicado en 1920). Se podría escribir al mismo tiempo sobre la falsificada historia de Lawrence o la tragedia del autor que se ha hecho famoso gracias a un solo libro y sobre una historia del crepúsculo del protestantismo. Los que conocen los inicios de Lawrence en la *English Review* (1909-1910) me comprenderán perfectamente.

El caso de Aldous Huxley, a quien un merecido éxito editorial en Francia ha hecho popular entre una clase de lectores que ignoraban que este joven autor había publicado, además de *Contrapunto*, otros veinte volúmenes, es muy instructivo. Este detalle tendría que acallar muchas críticas y muchos entusiasmos. Lo más original de Huxley es al mismo tiempo lo más intraducible: su poesía. Así pues, no hablaremos ni de

Leda, ni de *The Cicadas*, colecciones de poesía que muchos británicos aprecian más que su prosa.

Queda una enorme producción de ensayos y editoriales que nadie conoce y que, sin embargo, encierran todas las claves del fenómeno literario Aldous Huxley. Huxley es uno de aquellos privilegiados autores que tienen que ser leídos en su totalidad para darse cuenta de que se está delante de un solo libro. Vasto y polivalente a primera vista (escribió poesía, novela, cuento, impresiones de viaje, filosofía, periodismo, teatro), a medida que se avanza en la lectura de su obra, se comprende que no ha escrito más que un solo libro, a veces bajo una forma anecdótica, y otras veces bajo una forma esquemática, a veces como una novela y otras veces como una controversia. No hacemos más que leer los borradores de una obra que Huxley malogra con cada nueva composición y vuelve a escribir en la siguiente. No es solamente que no sea complejo ni variado, sino que es monótono.

Y para evitar malentendidos, diremos que es tan monótono como un periódico rebosante de hechos nuevos y extraordinarios, de psicologías y personajes, que habla todos los días de una cosa distinta, pero que, sin embargo, permanece siempre el mismo, en un círculo cerrado. Si no sospechase de todos los equívocos y supersticiones que esta palabra evoca, diría que Huxley es un periodista de genio. Pero con un matiz: tiene al mismo tiempo el genio del director de periódico y del reportero, del que escribe los editoriales, los artículos de humor y las crónicas; no está vinculado de forma accidental sino orgánica a la función civilizadora (propia de Inglaterra, por supuesto) que tiene el periódico. La mitad de su obra estaba destinada a periódicos y revistas. Artículos redactados quizá a última hora y en apariencia de una argumentación impecable son más complicados que el más recargado libro. Creo que Chesterton señalaba que cogemos el camino más largo cuando tenemos prisa e invocamos motivos sin importancia cuando apenas tenemos tiempo y espacio para enumerar los fundamentales. Huxley es uno de los más dotados «apresurados» de nuestro tiempo.

Pero no se trata de una premura en el sentido físico, cuantitativo de la palabra, sino de las prisas por vivir y entender. Posee una de las más amplias y bellas culturas de la vida intelectual inglesa, tanto literaria como filosófica, pero es una cultura precipitada, periodística. Incluso podríamos darle una explicación «precipitada»: el periodista siempre tiene que saber *algo más* que todo el mundo. Todo el mundo tiene que conocer a Homero y a Dante, pero a un periodista se le pide que sepa algo más; se le pide que conozca a Zenodonto de Bizancio y a Pedro del Corral. Si escribiera solamente sobre Esquilo o Shakespeare, nadie le leería. Por eso el periodista ha dejado de leer a los clásicos; aunque nadie se atrevería a rebatir que los ha leído. Éste es el pecado, la tentación, el peligro y la «prueba de fuego» del periodismo literario; pero Huxley salió indemne de esta prueba. Sus prisas también tienen otras causas, más imprecisas, pero también más verídicas.

Ante todo es un gran viajero, pero un viajero que se lleva como lectura de viaje la *Encyclopedia Britannica*. Un hombre siempre dispuesto a ver lo inédito y lo ingenuo, pero también dispuesto a interpretar sus experiencias de forma inesperada, porque la exposición de los temas en una enciclopedia no es ni lógica, ni histórica, ni simbólica, sino alfabética. Dad por seguro que un hombre que ha aprendido a pensar y profundizar en el «arte» después de haber pensado en el «arco» y un poco antes en la «ameba», siempre pensará de una forma original y fantasiosa. Si se viera forzado a permanecer en una biblioteca, no podría redactar más que catálogos. Pero Huxley es, entre todos sus congéneres, el escritor que más y mejor sabe viajar. Me resultan muy antipáticos los autores franceses que viajan por esnobismo, por falta de argumentos o por un secreto orgullo nacional. Huxley viaja por comodidad, por el puro placer de ver el sol (que no se puede ver en Londres) y para satisfacer sus pequeñas pasiones: algunos cuadros, algunas colinas, unas cuantas semanas de playa. Es un verdadero *sportsman*.

No viaja solamente con los sentidos, aunque sea un gran amante del bienestar físico. En sus mejores notas de viaje (ora de *Jesting Pilate,* ora de *Along the road*), encontramos a cada paso preguntas o reflexiones estéticas y éticas que traicionan sus «prisas» por entender instantáneamente algo que sea auténtico (porque tiene horror de los esquemas formales) e inédito al mismo tiempo. Ha educado tanto su espíritu que, en las dos semanas que pasó en la India, ha entendido más y mejor que muchos otros que han estado trabajando allí toda la vida. Desde este punto de vista, *Jesting Pilate* es un libro único y delicioso. Nos ofrece del mundo la misma impresión (porque se trata de un viaje alrededor de la tierra) que podemos obtener de todo el conjunto de su obra: milagrosamente diversa y, al mismo tiempo, reconfortantemente idéntica. Léase la página en la que un amigo hindú rechaza una invitación a su mesa por miedo a no saber cómo comportarse y se comprenderá por qué Gandhi decía que la dominación inglesa corrompe la raza hindú, se comprenderán los complejos de inferioridad y la rebelión de Caín. ¡Qué asombrosamente igual a sí mismo permanece el hombre! ¡Y de qué manera tan maravillosa sabe Huxley sorprender, sin ninguna pedagogía o análisis, la humanidad! Después de una prodigiosa y vertiginosa serie de hombres y paisajes que hace desfilar delante de nuestros ojos, tenemos la impresión de que no solamente su talento de novelista sino también su fondo de ensayista es cinemático. Pero si nos alejamos de esta primera y falsa impresión, su estilo nos parecerá estático y clásico: los mismos tipos humanos (tres para ser más exactos: la mujer a los treinta años, el joven cerebral e introvertido, incapaz de comunicarse y de actuar; y el *raisonneur*, amante del amor, de los buenos libros y el buen vino, porque los había ignorado hasta entonces o había sufrido por su culpa o los había entendido mal); las mismas circunstancias y los mismos conflictos. Todas las novelas de Huxley, cuatro en total, podrían resumirse en uno de sus cuentos de *Brief Candles*. Y toda su literatura puede reducirse a una página crítica de *Proper Studies*. Y si se tradujera o resumiera esta misma página, uno se asombraría de lo poco original que sería; tan asombrosa y auténtica es la originalidad de Huxley.

La primera novela de Huxley, publicada en 1921 con el extraño título de *Crome Yellow** (en Chatto and Windus, Londres, donde publicó todos sus libros), nos sumerge de lleno en la deliciosa galería de personajes y rarezas que las siguientes novelas no hacen más que retocar y ampliar.

El primer personaje es Denis, un joven poeta simpático pero ridículo, sentimental y lleno de talento, pero incapaz de tener una relación auténtica con las almas o con los acontecimientos. Al seguirle a lo largo de todos los episodios y sorpresas que conforman las novelas de Huxley, siempre parece deslizarse por encima de los hechos, impermeable a todo lo que le rodea, incapaz de intervenir en el curso de la realidad, de comunicarle su ilusión o su disgusto, de conquistarla o resistirse a ella. Un cerebral que, sin duda, desciende directamente de los románticos y de Goncourt, pero que indudablemente está mejor estructurado (como técnica literaria), debido al carácter ridículo y trágico al mismo tiempo que desprende su presencia. Ridículo, porque el antirromántico Huxley no pierde ninguna ocasión para dejar en evidencia los hechos de un hombre tan introvertido, de un hombre-cerebro alimentado por prejuicios (el prejuicio de la pureza, de lo absoluto, del ideal), de un hombre que no se da cuenta de la falta de sentido de su existencia, apoyada sobre premisas tan absurdas: el yo purificado, el yo dialéctico, el yo idea-forma, y se empeña a toda costa en perseguirlas y ponerlas en práctica.

Pero, sin embargo, trágico en su aislamiento involuntario en medio de los hechos y de la gente, de todo lo que le seduce y que, naturalmente, aspira a abrazar o rechazar, provocar o ahogar, para adoptar al fin una actitud impotente, acompañada unas veces de lamentaciones

* *Los escándalos de Crome*, Plaza y Janés, Barcelona, 1970. [*N. del E.*]

y otras veces de reflexiones y resignación. Impotencia de provocar ninguna cosa (sea ésta un sentimiento o un acontecimiento), impotencia de comunicar, dar o recibir, salir de sí mismo de una u otra forma, ¡qué admirable punto de partida para una verdadera filosofía! Huxley ha resuelto el problema ignorándolo: sus personajes lo aceptan aterrados o lo ridiculizan. Con una sola excepción: Theodore Gumbril Junior de *Antic Hay** que logra evadirse del marasmo reflexivo y de la incapacidad de intervenir en la vida a través de una barba postiza. Apropiándose de una nueva imagen, con una figura renovada y atrevida, desconocido por sus amigos y al abrigo de cualquier autocrítica, al saberse en un cuerpo extraño, Gumbril se transforma en un sinvergüenza, un conquistador y un triunfador. Es el macho. Este tipo de desdoblamiento es distinto a las conocidas construcciones pirandelianas. Se trata de la apropiación mágica de un cuerpo extraño, como en *Dr. Jekyll* o en el *Avatar* de Théophile Gautier (uno de los fracasos literarios más brillantes, por culpa de un exceso de retórica), o en el sentido de los cuentos hindúes de *parakaya-praveskha*, es decir, el «arte de entrar en otro cuerpo» y que el lector europeo puede encontrar en las traducciones del ciclo de Vikrama.

Pero la solución de Gumbril, aunque perfectamente coherente (porque la decoración influye enormemente y cada uno sabe que en un baile de disfraces se transforma en Don Juan), es facticia en su novela. Todos los demás cerebrales continuarán siendo los mismos tristes y ridículos personajes, aislados a pesar de todos sus esfuerzos por comunicarse con los demás o de intervenir en la vida. Philip Charles de *Point Counter Point*** es demasiado conocido para que sea necesario insistir más.

Scogan, de *Crome Yellow*, también vuelve a estar presente en todas las novelas de Huxley, y representa el tipo de epicúreo humanista que el autor pone por encima de todos los demás hombres; es superior al tipo cerebral, porque puede actuar, al haberse liberado de cualquier barrera psicológica o ideal; es superior al bruto inculto, porque saborea con refinamiento la existencia, aprecia su poesía y reflexiona libremente sobre la suerte y la irracionalidad de la vida. Huxley repite sin cesar este modelo novelesco porque es el único que expresa de manera directa su «filosofía».

Por eso, la mayoría de los monólogos de estos *raisonneurs* modernos son falsos y apenas logran integrarse en la estructura de sus novelas. Reflexionan y explican la acción, como lo hace Huxley en sus ensayos; de hecho, volveremos a encontrar algunas de las apologías de Scogan

* *Danza de sátiros*, trad. de J. Odriozola, Debate, Barcelona, [2]1985. [*N. del E.*]

** *Contrapunto*, trad. de L. Novás Castro, Edhasa, Barcelona, 1999. [*N. del E.*]

(sobre el confort, por ejemplo), con insignificantes modificaciones, en otros volúmenes de ensayos (el confort en *Proper Studies*). Todos ellos han llegado a la conclusión (a excepción, quizás, de Rampion, de *Contrapunto*, que es una copia demasiado burda del Lawrence-hombre para que logre conservar la «filosofía» de Huxley en toda su pureza) de que la existencia como tal es incomprensible e irracional, que entre sus momentos no existe ninguna relación causal, lógica, continua, sino que éstos se suceden al azar, en series discontinuas, sin ninguna motivación racional. Huxley conocía naturalmente el realismo filosófico de Bertrand Russell y Whitehead, y adoptó con entusiasmo la crítica de la noción de causalidad, así como la sustitución de la noción de hecho u objeto por lo que la filosofía inglesa llama *event*, «lo que ocurre en un cierto momento de una cierta existencia».

La estructura de las novelas de Huxley es la estructura de los «acontecimientos» de Russell; con la única diferencia de que el novelista conserva una pizca de emoción ante el juego incomprensible e irracional (en apariencia) que es la vida del hombre dentro de la vida del universo.

Si analizáramos el argumento de cualquiera de sus novelas, encontraríamos la misma línea quebrada, a veces, por acontecimientos inesperados, estúpidos o absurdos. En este sentido, *Antic Hay* es una obra maestra. El amor entre Gumbril y Emily (tan espontáneo, tan «inmediato», tan humano, alimentado de la pasión por la música y la adivinación, un amor de camaradas que prometía ser un amor de amantes dantescos) se rompe de forma ridícula, simplemente porque, en su camino hacia la estación de ferrocarril, Gumbril se encuentra con una vieja amiga, la señora Viveash y, al no tener el valor de deshacerse de ella, pierde toda la tarde en paseos y conversaciones frívolas. Este episodio refleja una tragedia que Huxley supo tratar con una insuperable discreción y sobriedad. La señora Viveash (parecida a la señora Wimbush de *Crome Yellow*, a *lady* Tantamount de *Point counter point*, e idéntica a la señora Aldwinckle de la deliciosa novela *Those barren leaves**) encarna lo más artificial y neurótico que pueda haber en la mujer inglesa contemporánea, toda su huera psicología, su énfasis y esnobismo, su extravagancia y lasitud, sobre todo la lasitud, contagiosa y deprimente. Y la señora Viveash encuentra a Gumbril en el momento en que éste acababa de descubrir lo que podía darle un sentido a su existencia amorfa y resignada, cuando había encontrado a Emily y se había decidido a seguirla. ¡Qué estúpida coincidencia, qué sorprendente abdicación de Gumbril, qué bella desaparición de Emily, que sólo la escritura de Huxley puede

* *Arte, amor y todo lo demás*, Plaza y Janés, Barcelona, 1967. [*N. del E.*]

recrear de una forma tan viva e irónica, con aquella inmensa tristeza británica del hombre inteligente y sobrio! Aunque no fuera más que por la presencia de este episodio, la novela *Antic Hay* merecería figurar entre los grandes libros modernos.

El *raisonneur* Huxley tiene la oportunidad de ejercitar su agudeza y originalidad de espíritu sobre estos juegos irracionales de fuerzas y acontecimientos. El señor Cardan de *Those barren leaves* es, quizá, el más logrado personaje y el único vivo y auténtico entre tantos otros fracasados.

El señor Cardan es, como siempre, un hombre casi viejo, instruido e irónico, amante del confort, de la pereza, del buen vino y de las mujeres. Lo que le separa de sus homólogos, de Anatole France por ejemplo, es un cierto pudor ante sí mismo y su pasado, una discreción y una bondad inalterable a lo largo de su vida de parásito, y un sentido trágico de la vida que aflora en los momentos decisivos para hacer de este *bon vivant* un pobre hombre, golpeado por la suerte y la infelicidad.

El señor Cardan es una caja de sorpresas. Después de las primeras diez páginas piensas que sabes perfectamente quién es, pero en la página cien le descubres como poeta y en la página trescientos como una gran persona. Huxley conocía muy bien su manual de psicología; sabía que los hombres de una pieza no existen más que en las novelas. Pero esta ciencia no siempre le ayuda; en cada novela suya se pueden encontrar personajes arbitrarios, artificiales, librescos, a los que conoces porque se esfuerzan por expresar lo que piensan, lo que sienten y lo que quieren hacer, pero que no pueden ser intuidos como personajes, porque son un mosaico de estados, no hombres. Encontramos también fracasos totales, como es el caso del señor Elver de *Those barren leaves*.

Pero, sin duda, su galería de personajes es una de las más originales y vivas de la novela inglesa contemporánea. Burlap, el periodista de *Point counter point*, es una de aquellas caricaturas modernas, victoriosas y vacuas, que miman continuamente una idea o una actitud, locuaz y mediocre, de una asombrosa vulgaridad sentimental. El naturalista Shearwater de *Antic Hay* es el más logrado tipo de joven científico de la novela moderna, adorable por su forma de meter la pata, imponente por su sinceridad, sencillo y trágico en su aislamiento inhumano, en su óptica de bacteriólogo y fisiólogo. Siguiendo el sistema de Huxley, cada uno de estos personajes vuelve a aparecer en todas sus otras novelas. Incluso podríamos intercambiarlos sin que la acción llegue a sufrir en exceso. Lo mismo se puede decir de las mujeres de Huxley, deliciosas por su pedantería y su estupidez, y sobre las que tenemos que decir una última cosa antes de pasar al análisis del ensayista Huxley.

Podemos descubrir la psicología de toda una época (dominada o, por lo menos, impregnada por la influencia femenina) en los pequeños dramas y las interminables conversaciones de las mujeres de Huxley. Con muy pocas y encantadoras excepciones (Mary, la mujer de Rampion, en *Point counter point*, y Emily en *Antic Hay*) las mujeres de Huxley son atrozmente vacuas y artificiales. Especialmente cuando empiezan a envejecer, cuando entienden que los pasajeros encantos de la superficialidad han pasado para siempre y que ya no son capaces de crear una atmósfera de sensaciones, deseos y decorados, que tienen que mostrarse delante de los demás como seres humanos y no como mujeres.

No me interesa si Huxley tiene o no razón al juzgarlas de esa manera. Simplemente observo que este ángulo crítico y escéptico para enfocar a la mujer le ha permitido descubrir (otros dirían que crear) nuevos tipos, más o menos ignorados por los novelistas. En lugar de la mujer ángel, la mujer vulgar, la mujer mediocre o perversa, estéril o histérica, encontramos una galería de admirables personajes que van imitando sucesivamente todos estos tipos, sin fijarse en ninguno de ellos, permaneciendo tan inorgánicos, amorfos y precarios como unas adolescentes.

Ninguna experiencia logra alterar su estructura mimética; ninguna revelación les fija en una personalidad; pueden amar u odiar, pero lo hacen de una manera unidimensional, como lo haría una ameba.

Parece que Huxley ha establecido la siguiente distinción entre los sexos: si el hombre puede aprender algo de la vida (aunque no la comprenda), la mujer no aprende nada; ella vive a través de tropismos. Antes la guiaban los instintos y era una amante perfecta o una madre sin mancha; ahora, en el siglo XX, se deja guiar por tropismos sociales, por modas, por ideas sin digerir y sentimientos artificiales.

La alienación de la mujer moderna está perfectamente sorprendida a través de la larga lista de manías, ideologías y neurosis que conforman el itinerario de una mujer modelo de la elite del siglo: una es mundana e imita a Catalina la Grande, otra se rebela contra la sociedad, otra lucha por los derechos de los gatos, otra escribe novelas psicológicas, otra estudia libros de astrología para ganar en las carreras, otra está preocupada por el problema de la felicidad, otra se enamora de un novelista y quiere encarnar la pareja ideal; nos salen al paso todo tipo de obsesiones, de «ideales», de profecías y misiones, en realidad, meros salvavidas para tantas miles de criaturas que se empeñan en tener una vida interior, una meta que alcanzar, una obra que realizar y una idea que les empuje a trabajar y agitarse.

Más deprimentes todavía son las mujeres que envejecen. De repente se despiertan solas, irremediablemente solas, en un escenario anticuado, sin ninguna afección sincera a su alrededor, porque en lugar de buscar la afección cuando eran jóvenes y guapas, habían preferido la admiración locuaz, el elogio vulgar y la esclavitud hipócrita.

La señora Aldwinckle en *Those barren leaves* es un personaje casi trágico: digo «casi», porque ella no se da cuenta de la soledad que la aguarda, al estar siempre a la espera de una nueva fiesta, de otros hombres inteligentes que la hagan reír a la mesa, de otros hombres atractivos a los que conquistar, de otras adolescentes que educar y maltratar estúpidamente; piensa que siempre habrá algo nuevo, algo nuevo y gracioso que no la deje sola ni por un instante, que pueda ocupar su mente incluso cuando esté dormida. ¡Qué fantástica parafernalia de máscaras, escenarios y dramas es capaz de levantar esta mujer para sobrevivir, qué tiranía ejercita sobre sus conocidos y sirvientes para que la distraigan sin cesar!... Y, sin embargo, un buen día se ve totalmente sola: incluso Irene, su sobrina, la abandona. Es como una mañana de invierno después del baile y el champán, y la señora Aldwinckle ya no es tan joven como para lograr dormir.

Huxley cincela este personaje con una delicadeza y una discreción excepcionales en un escritor tan propenso a la ironía como él. La caricatura acecha al personaje de la señora Aldwinckle: con cada nuevo visitante que recibía en su chalé de Vezza, la señora Aldwinckle corría el peligro de diluirse en decenas de facetas tan contradictorias como ridículas, y entonces, en lugar de la trágica Lilian Aldwinckle hubiéramos tenido una fantoche de la misma especie que la Gracia de *Two or Three Graces**.

Gracia es una caricatura aparte; ella siempre puede llegar a ser lo que el hombre con quien vive quiera que sea (o piensa que quiere). Está a merced de cualquier impulso capaz de sacarla de su inercia; imita a cualquier personaje del que piensa que podría tener éxito social; toma prestado y reproduce todo. Por supuesto que pertenece a aquella clase de mujeres inferiores y, sin embargo, de «elite», que son el auténtico filón de la obra de Huxley. Pero en otro lugar, el autor nos da a entender que el mimetismo y la vacuidad conforman la estructura misma del alma femenina; incluso la más humilde esposa de barrio remeda otra personalidad, la del marido, del amante o de la actriz de cine.

Pero las más logradas mujeres de Huxley son las que ya no tienen fuerzas para imitar nada, a las que nada puede divertir, que todo lo conocen, todo lo han saboreado, y pasean su *spleen* sin tener la valentía de desaparecer, sin poder soportar la separación de lo que alguna vez les ha parecido divertido, incapaces por hacer un último esfuerzo de lucidez y

* *Dos o tres gracias*, trad. de R. Esquerra, Havila'h, Madrid, 1991. [*N. del E.*]

superación. Así es la señora Viveash en *Antic Hay*, icono perfecto de la mujer anglosajona de los años 1920-1930, que ha pasado por la emancipación imitando todos los vicios y extravagancias de los hombres, la mujer de club y de reuniones literarias, la mujer que toma bebidas fuertes y juega al *bridge* para demostrar su autonomía, que mantiene relaciones promiscuas *pour épater le bougeois* y hace literatura y periodismo para ilustrar la igualdad de los sexos y de las inteligencias. Cuando se escriba la historia de esta época, las novelas de Huxley servirán como documentos de primera mano para reconstruir la emancipación de la mujer, con todas las neurosis y fracasos que ha provocado.

Lo que a veces irrita en las novelas de Huxley es la facilidad con la que retrata a sus personajes y dispone de ellos, especialmente de los femeninos. Muy versátil en el uso de los epítetos-*trouvailles*, se deja guiar por su sugestión fónica, por su efervescencia instantánea y, en sus manos, cualquier hombre se transforma en un muñeco con todas las articulaciones al descubierto, hasta la cola y el relleno. Me pregunto si estos defectos no se deben a la formación periodística y libresca de Huxley, al impulso de generalizar y sacar conclusiones precipitadas, impulso que tiene cualquier aficionado a las lecturas psicológicas.

Pero su talento de novelista está fuera de duda. El hecho de haber recibido influencias de Joyce, Lawrence o Proust, no demuestra nada. Lo importante es que no se haya dejado influir por otros. Porque las influencias han sido una progresiva toma de conciencia de lo que realmente era como técnico de la novela. Un autor capaz de crear a una señora Aldwinckle o a Viveza, además de otros personajes tan memorables, vivos y fascinantes, está por encima de cualquier influencia. Incluso si se trata de la influencia de sus propias teorías estéticas o predilecciones psicológicas.

Al hojear un lexicón biográfico americano he descubierto que Huxley se preparaba para ser médico, pero que una pasajera ceguera de tres años le impidió dedicarse a los estudios científicos. Aldous no ha llegado a ser un hombre de ciencia como su hermano Julian (cuyos libros, dicho sea de paso, están brillantemente escritos), pero ha conservado mucha curiosidad y simpatía por la ciencia. En sus novelas nunca faltan los científicos. Su frase lleva la marca de los más extraños y bárbaros términos biológicos y físico-químicos. Siempre habla de la ciencia con un aire de sospechosa familiaridad (no olvidemos que era un gran lector de la *Enciclopedia*), lo que nos hace pensar ora en un entusiasta *desabusé*, ora en un diletante autodidacta que ha descubierto más de una vez América. Es la familiaridad de los que ya no tienen miedo, ni se dejan impresionar por el absoluto de la ciencia, porque piensan haber descubierto al margen o más allá de ella otros absolutos.

Huxley no ha llegado a ser científico, pero sí ensayista y periodista. Si descartamos *Proper Studies*, todos los demás volúmenes de ensayos que ha escrito no son más que un *spicilegium* de artículos. El último que ha publicado (*Music at night*, 1931) contiene —desde el punto de vista del artículo semanal o de la crónica— verdaderas obras maestras. Textos lacónicos, incisivos o generosos, con una sola idea o una sola paradoja, escritos con una sencillez rectilínea, con una gracia y perfección inaccesibles para los demás (y hay muchos y muy grandes) ensayistas ingleses.

Aunque escritos para ser leídos por separado, su coherencia es evidente; pero el ángulo desde el cual enfoca un objeto o una experiencia es el ángulo propio del artículo escrito para ser publicado en el mismo día. Incluso la más grandiosa idea (como es la de la gracia en *Proper Studies*) es examinada desde el punto de vista del periodista que se dirige a un público amorfo que no conoce en absoluto, desde las páginas de una revista cualquiera y forzado a manejar un determinado número de palabras. Es la óptica específica del columnista o del periodista, lo que, por otra parte, confiere a sus volúmenes de ensayos esa apariencia de lectura fácil y llena de sorpresas, de escritura fascinante.

El medio más sencillo del que dispone un pensador para comunicar los resultados de su reflexión es la «glosa» y el «pretexto», que no implican una responsabilidad total, ni una familiaridad prolongada con el objeto, sino únicamente un cierto grado de espontaneidad en las asociaciones, una expresión abrupta y un espíritu subversivo. El tono distendido de la improvisación permite lanzar las más pérfidas blasfemias y las más recias castidades. El encanto y atracción que poseen este tipo de crítica o ensayo es, podríamos decir, una especie de *secularización* de lo absoluto, de renuncia a los preliminares ascéticos y sagrados de cualquier trabajo serio; se atacan problemas y se ofrecen resultados con una espléndida independencia respecto a todos los logros de los predecesores o de los contemporáneos. El ensayo vuelve accesible una problemática misteriosa y lejana; problemas filosóficos que requieren una cierta ascesis dialéctica, un largo entrenamiento y una dolorosa experiencia, problemas morales, estéticos y científicos que necesitan, si no de una especialización, al menos de una ascensión ardua hasta un nivel de certezas que permitan la contemplación de los fenómenos.

Huxley, al hacer de su emancipación de lo absoluto una gloria y un breviario, intenta encontrar otro criterio absoluto (porque otro «absoluto» le resulta inaccesible) en un equilibrio de proporciones y regusto humano. La vuelta de Huxley hacia un nuevo humanismo es la perfecta coronación de su actividad de secularización —en correspondencia con sus trabajos de «iniciación» sin el purgatorio de los esfuerzos arduos— que ha desarrollado brillantemente a lo largo de los últimos diez o doce años. Demasiado inteligente para quedarse en el puro empirismo, demasiado lúcido para resignarse a la divagación, demasiado moderno para *renunciar*, Huxley encuentra su refugio en un humanismo escéptico por su carácter experiencial y revolucionario por sus fines. Por otra parte, la secularización completa del hombre lleva a tendencias revolucionarias; y de allí, algunos intentan una vuelta por medio del demiurgo, del hombre creador, del genio.

El neohumanismo de Huxley aparece estructurado en una serie de ensayos publicados bajo el título de *Proper Studies*, a diferencia de los otros volúmenes que contienen notas e impresiones o glosas y pretextos como *On the margin*, *Along the road*, *Music at Night*. Se trata de un tomo escrito para ser leído como un libro autónomo, con largos estudios y algo de bibliografía. Es la búsqueda del hombre nuevo, pero no a través de la teología o el clasicismo, ni a través de la historia o la psicología medieval, sino a través de la sociología y el psicoanálisis, la eugenesia y la pedagogía moderna. Los errores del mundo moderno, nos dice Huxley, están enraizados en la dicotomía esencial del espíritu moderno: por una parte el espíritu de la vida, que se asocia con las supersticiones y el residuo vulgar, inerte, hostil a cualquier intento de cambio esencial; por otra parte, el espíritu de los técnicos, que olvidan el objeto de su estudio, que se desinteresan de la revolución moral y social en la que tendrían que participar con su trabajo, que han perdido el sentido del conjunto y, lo que es más grave todavía, se han olvidado del hombre. «El verdadero estudio de la humanidad es el hombre», dirá Huxley, recordando la sentencia de Pope. E interpela al hombre como tal, juzgando lo que se podría hacer con un poco de benevolencia y valentía, y lo admirable que llegaría a ser la educación, si la pedagogía tomase en cuenta los recientes descubrimientos sobre el inconsciente.

El punto de partida de Huxley son los importantes descubrimientos antropológicos que se han hecho en los últimos decenios, descubrimientos que no han llegado a ser aplicados a la vida social o al equilibrio interior del individuo moderno. Situándose con habilidad entre los utopistas y los escépticos, entre los técnicos y los diletantes, Huxley reconoce que el hombre moderno ha descubierto unas nuevas bases para la edificación del nuevo humanismo. Si no fuera más que la sensibilidad por el *confort*, con toda su estética y su economía, ya tendríamos suficiente. Porque el nuevo humanismo no puede tomar como punto de partida el hombre primitivo o el hombre civilizado, el hombre teológico o el hombre de las experiencias comunistas, sino el hombre que posee y disfruta de la comodidad. Los extremos le repugnan: el asceta o la bestia, el nihilista individualista o el hombre máquina. Le repugnan porque le niegan su derecho a la comodidad de su propia idiosincrasia. Huxley, al descender de una raza de empiristas y de una familia de naturalistas, no muestra ningún interés por una fórmula «que no funcione» (*which does not work*).

No hay progreso si nos alejamos de los datos inmediatos, que, filosóficamente hablando, son incomprensibles e irracionales. Pero si se enfocan desde el punto de vista de la vida cotidiana, son impermeables a la síntesis absoluta y la perfección. Son así, pero podrían ser un poco mejores. En ningún caso pueden ser perfectos; pero sí pueden ser mejorados. Una mentalidad de farmacéutico, de hombre que cura probando narcóticos y laxantes, al que le repugna la solución radical de la operación, que no se interesa por las causas profundas, pero que sufre y compadece al enfermo, ofreciéndole hierbas y polvos para retardar el gran dolor y anestesiar a los pequeños.

Pero ¡qué perfecto se muestra este laico en sus coqueteos con la ciencia, en la aparente seriedad con la que se acerca a la teología, en la habilidad con la que desconfía del absoluto, en su rebelde lucidez ante todo lo que le rodea y acontece a su alrededor! Ser lúcido ante la farsa que le rodea, pero sin poder superar la duda de que esta farsa pueda esconder, acaso, una tragedia. Los sentimientos humildes y mediocres, enfocados al contraluz de esta duda, se impregnan de una hondura y una humanidad sorprendente. Una música escuchada por la noche, un paisaje italiano, una pintura de Goya, se transforman de repente en sendas abismales, en antenas de un nuevo espacio, en promisiones de nuevos nacimientos.

Y acabas por preguntarte si este nuevo humanismo no tendría que partir de estas grandes inseguridades e inusuales presencias de las que el escéptico Huxley nunca se privó, ni renegó más que ante la *Enciclopedia*.

(1932)

G. K. CHESTERTON

La literatura inglesa acaba de perder a uno de sus más grandes ensayistas contemporáneos y el mundo cristiano a uno de sus más valiosos apologistas. Inglaterra es más triste, más sombría después de la muerte de G. K. Chesterton. Las herejías modernas podrán acampar ahora a sus anchas. Ya no tendrán que enfrentarse con la incisiva pluma de «G. K. C.». Ya no tropezarán con este maestro inigualable de la controversia, con su inteligencia sana y su optimismo desconcertante. Le han llamado *the laughing philosopher*, el filósofo riente. Ríe, porque se ha liberado de la estupidez pretenciosa, porque ha desenmascarado la necedad y la hipocresía sin límites que se esconden detrás de las herejías y las filosofías populares. Ríe también porque la vida es una novela, porque el milagro no deja de acontecer a nuestro lado, porque la salvación es cierta.

En *Ortodoxia*, su primer gran obra publicada en 1908*, nos confiesa que fueron Huxley, Herbert Spencer y Brandlaugh los que le llevaron a la teología ortodoxa. Se ha vuelto cristiano a fuerza de leer a los anticristianos. Comienza a creer en el milagro y el dogma después de leer toda una biblioteca científica y filosófica. Porque así se dio cuenta de que los anticristianos no atacan el cristianismo propiamente dicho, sino la idea que se habían forjado de él. Plasman un Cristo imaginario, para afirmar después en un tono quejumbroso que no podía resucitar después de la crucifixión. Cada anticristiano tiene su propia concepción del cristianismo. Para algunos, se trata de una fe cómoda y lo critican entonces porque no es trágico ni pesimista. Para otros, se trata de una doctrina humillante, pesimista y oscura y entonces lo critican por no ser cómodo ni idílico. Con habilidad y humor infinito Chesterton deja en evidencia esta con-

* *Ortodoxia*, trad. de A. Reyes, Alta Fulla, Barcelona, 2005. [*N. del E.*]

tradicción de los anticristianos, que llevan dos mil años peleándose con una sombra, con *su opinión* del cristianismo. Cualquier acto religioso es un milagro. Si no tienes suficiente piedad o caridad para conocer este milagro, serás incapaz de darte cuenta de que el milagro realmente ocurre. Nos forjamos una opinión, un sentimiento o una teoría sobre él, y después luchamos vanamente para demostrar que esta opinión, sentimiento o teoría son absurdos. Y lo son, por supuesto. Pero la cuestión es saber si estas sombras, si estas opiniones personales o racionales tienen algo que ver con el cristianismo, con la fe...

Chesterton es un brillante polemista cada vez que se ocupa de estas graves cuestiones dogmáticas. Ninguno de sus contemporáneos había logrado acercarse al milagro y al dogma con tanta sencillez y fantasía. No sabríamos cómo resumir sus argumentos. Porque no importa solamente la idea, sino también la polémica, los detalles, la psicología. Como los diálogos platónicos, como las epístolas paulinas, sus tratados están impregnados por un fervor y una ironía que constituyen por sí mismos unos formidables instrumentos mayéuticos.

Por ejemplo, para mencionar sólo una de sus conclusiones, considera que la Iglesia es la única cosa sólida de este mundo precisamente porque no le pertenece. He aquí una conclusión admirable, que puede parecer una mera paradoja (o una aserción dogmática, lo que es más o menos lo mismo) si la aislamos de las demostraciones que la preceden. «Demostración» es una palabra totalmente antichestertoniana. He leído una veintena de libros de Chesterton (de los más de sesenta que escribió) y creo que jamás ha intentado «demostrar» algo.

En su obra sólo los personajes lunáticos y los heréticos lo intentan. Por otra parte, ¿no ha enseñado tantas veces que sólo los locos no se contradicen y construyen el mundo según una lógica perfecta? Desde el momento en que se toma a sí mismo por una botella o por Napoleón, un loco no se contradice jamás. Estará convencido hasta el final de sus días de que es Napoleón o una botella. Si se contradijera, significaría que se ha curado. La lógica del hombre sano de espíritu no excluye ni la paradoja, ni el milagro. Chesterton recuerda que los ateos y los racionalistas son los únicos que creen en lo «sobrenatural», los fantasmas y la magia. Las supersticiones y el ocultismo aparecen cuando desaparece la mística. Cuando se renuncia a considerar la Trinidad algo «natural», enseguida se llega a suponer extraordinarias las cosas naturales. La electricidad, el azar, los encantamientos, las supersticiones, todas estas realidades pertenecientes al orden natural son promovidas al rango de «milagros». Se juzga absurda la Trinidad, pero se tiene miedo de un gato negro o se cree en no importa qué fenómeno «oculto». El padre Brown*, católico lúcido, llega a ser un excelente detective precisamente porque no cree en los «milagros», es decir, en los milagros profanos. Él, que cree en la Inmaculada Concepción y en la Santísima Trinidad, no puede creer que un hombre desaparece sin dejar huella, que un muerto resucita o que un signo mágico puede matar. El padre Brown es un incrédulo, es un perfecto racionalista que sabe que nuestro mundo es regido por leyes naturales y que basta una cierta lógica para penetrarlas. El místico perfecto, el hombre que cree en los milagros, no se deja engañar por ninguna magia, por ninguna superstición. Él juzga las realidades según la lógica y el sentido común.

Chesterton nunca ha aceptado un cristianismo dulzón, abstracto o hipócrita. Un cristianismo-fantasma, como él mismo lo llama, sea éste teosófico o mágico, de un ascetismo falso o vano. Él ha conocido y vivido el cristianismo hasta los huesos y la médula. Ha reído, ha disfrutado comiendo y bebiendo, ha amado los juegos infantiles, los animales y las plantas. Unamuno evocaba su «cristianismo visceral», su «sangre y su carne». Chesterton, en cambio, ha hablado menos sobre estas cosas de una grave profundidad (nada más arriesgado que las confesiones sobre los auténticos dramas espirituales o sobre una experiencia soteriológica), pero las ha vivido sinceramente. La pudibundez anglosajona y las indignaciones pseudoespirituales le exasperaban. Él, tan sinceramente apegado a los animales, ha escrito un admirable panfleto en el que se mofa de las almas caritativas que protestan contra el gran número de pavos sacrificados en Londres por navidad. Demuestra un sentido común a prueba de todo y, lo más importante, lo sabe guardar ante la más pequeña fruslería, allí donde normalmente uno pierde su sangre fría.

Su sentido común, su forma de ser, su optimismo *terre-à-terre* se deben, ante todo, al hecho de que siempre ha vivido en el «milagro». Quien ha leído sus libros lo entenderá fácilmente. En ellos enseña que lo maravilloso, el exotismo y el romanticismo son estados de ánimo fundamentales, que no pertenecen a ninguna época histórica ni a ningún hábitat geográfico en exclusiva. Su primera novela, *The Napoleon of Notting Hill* (1904)** abre una nueva epoca en la novela inglesa. Shaw propone problemas en su teatro, Wells hace filosofía en sus novelas, Chesterton descubre el filón de lo «fantástico cristiano» (y del «humor católico»), especialmente presente en sus célebres temas medievales (*The Return of*

* Cf. G. K. Chesterton, *Los relatos del padre Brown*, trad. de M. Temprano García, El Acantilado, Barcelona, [2]2008. [*N. del E.*]

** *El Napoleón de Notting Hill*, trad. de C. Palma, Pre Textos, Valencia, 2002. [*N. del E.*]

*Don Quixotte**). Su medievalismo sigue todavía sin ser comprendido. Ciertamente, no se trata de un retorno a la Edad Media; se trata de redescubrir hoy en día el milagro medieval. La caridad, la caballerosidad y el amor cortés son vividos intensamente. Y sin embargo, ninguna de estas tres virtudes ha desaparecido. Una sirvienta de albergue que se enamora de un carnicero, se casa con él y da a luz diecisiete hijos vive «románticamente» mientras vive en el amor. El amor y la caballerosidad, la fe y la caridad, éstas son las raíces del milagro, raíces que cada uno de nosotros puede descubrir en el fondo de su alma. Innocent Smith, el increíble personaje de *Manalive*** (sin duda la mejor novela de Chesterton), nos enseña que hemos perdido el sentido de lo milagroso porque lo *buscamos* en lugar de reconocerlo vivo entre nosotros.

Buscamos lo milagroso y el romanticismo como buscamos la felicidad, el amor ideal y la sabiduría, sin darnos cuenta de que se encuentran cerca de nosotros y esperan ser reconocidos. Si Chesterton ha luchado toda la vida contra las herejías modernas, es por una sencilla razón: cada herejía deshace el alma, la divide, la altera, la desnaturaliza, la reduce. En una polémica de *Heretics* (1905)***, le reprocha a Wells no haber comenzado el estudio del ser humano por el *alma*, «la primera cosa que conoce el hombre», en lugar del protoplasma, «una de las últimas». El mundo moderno se debate entre la herejía y el sufrimiento porque se empecina en *buscar* en lugar de *ver*. La búsqueda no lleva a ninguna parte, porque lo aleja del alma, de la bienaventuranza, de la salud. ¿Acaso es la mayor desgracia haber nacido felices, sabios y tan cerca de la salvación para atormentarnos buscando, es decir, alejándonos sin cesar, *partiendo*? La mayor desgracia del hombre es creerse desgraciado...

G. K. Chesterton era un hombre de pelo largo, obeso, rubicundo, que apreciaba a sus enemigos y amaba a sus amigos, que pasaba gran parte de sus jornadas en compañía de los niños y los campesinos. Cuando se encontraba en la ciudad, se le podía ver paseando por las calles más concurridas, con una manta echada sobre los hombros y un libro en la mano, sin preocuparse de los coches, leyendo en voz alta y riendo con tantas ganas que los policías no se atrevían a multarle...

(1936)

* *El regreso de Don Quijote*, trad. de J. Moreno-Ruiz, Valdemar, Madrid, 2004; ed. y trad. de P. Vega Rodríguez, Cátedra, Madrid, 2005. [*N. del E.*]

** *Manalive: una gran novela sobre la alegría de estar vivos*, trad. de J. Giménez Samanes, Voz de Papel, Madrid, 2006. [*N. del E.*]

*** *Herejes*, trad. de S. A. Mastrangelo Puech, El Acantilado, Barcelona, 2007; trad. de J. Estrella González, El Cobre, Barcelona, 2007. [*N. del E.*]

BARBELLION

El 22 de octubre de 1919 moría Bruce Frederick Cummings, un joven naturalista y periodista inglés. Moría apenas unos días después de haber publicado uno de los libros más bellos y amargos de este siglo: *The Journal of a Disappointed Man*[1]. Lo había firmado W. N. P. Barbellion, su seudónimo literario.

Tenemos que decir algunas palabras sobre el hombre antes de pasar al libro. Nacido en el seno de una familia pobre, Barbellion tuvo que escribir reportajes para subsistir y trabajar duramente antes de ser contratado como asistente naturalista en el Museo Británico. Publicaba en revistas especializadas sobrias comunicaciones científicas que le dieron a conocer en los medios científicos justo cuando comenzaba a disgustarse. Murió de tuberculosis a los treinta años, con una sola consolación: saber que dejaba este único y magnifico *Diario*.

Lo que le confiere valor y dificultad es el hecho de no estar escrito por un hombre de letras sino por un hombre de ciencia. No por un solitario, sino por un joven que sufre, que ama apasionadamente, que se casa pronto y que no deja de estar atormentado por deseos y tentaciones. No se trata de un *Diario* lírico o psicológico, como lo escriben después de Amiel todos los que sueñan con una gloria póstuma. Tampoco es un *Diario* heroico, como lo escriben generalmente los adolescentes (por ejemplo el *Diario*, genial, de Otto Braun) para expresar su inextinguible sed de absoluto, su incandescencia de una increíble pureza. Y sobre todo, tampoco es el *Diario* de los grandes hombres, en el que no encontramos jamás las auténticas dimensiones de sus actos o

1. Chatto and Windus, London. [*El diario de un hombre decepcionado*, trad. de C. Francí Ventosa, Alba, Barcelona, 2003.]

de sus obras, sino únicamente las pequeñas e insípidas anotaciones de un mediocre.

Si hubiera nacido dos siglos antes, Barbellion —naturalista, *observer*, poeta y pensador— habría sido considerado un prodigio. Habría trabajado y escrito libros geniales, porque ha demostrado que, cualquiera que fuese el sujeto elegido, iba más lejos, mucho más lejos que las habituales celebridades científicas modernas. En el siglo XX, no podía terminar más que consumido por la tuberculosis en plena juventud; y si hubiera vivido, habría fracasado en el diletantismo o el periodismo. Era un anticuado, que amaba la poesía y la filosofía, aparte de su trabajo en el Museo Británico. Su pasión por las ciencias naturales no tenía límites: desde la entomología hasta la ornitología, desde la anatomía comparada hasta la embriología. En el Museo, se interesaba por todo. Tanto por la anatomía de los parásitos intestinales como por las grandes cuestiones de la evolución orgánica y del equilibrio biológico. De vuelta a casa, le habría gustado leer tal poeta, tal ensayista (había publicado, por otra parte, ensayos no sin un cierto éxito de público) o tal filósofo contemporáneo. Pero sabía que no se lo podía permitir: «En verdad, soy un híbrido, una mezcla de dos temperamentos muy diferentes que libran un combate casi continuo. Es casi imposible conservar dos naturalezas y dos estructuras mentales distintas y dejarlas obrar simultáneamente. La consecuencia: una enorme pérdida de tiempo, de fiebre y —algo de lo que tendría que haberme dado cuenta hace mucho— ni la más remota posibilidad de éxito» (3 de marzo de 1915).

Su *Diario* está lleno de páginas casi dramáticas porque, apasionado y lúcido a la vez, comprendía su desastre. A los veinte años escribía: «¡Si tuviera un poco más de tiempo! Más tiempo para pensar, amar, observar, tomar mis decisiones, dirigir el desarrollo de mi carácter; para concentrar mis fuerzas sobre la gran y difícil profesión de vivir, la profesión de hombre, en lugar de cumplir con un trabajo que me aburre y hacer sólo esporádicamente el trabajo que amo» (2 de mayo de 1909). En aquella época podía dedicarse a sus estudios de zoología sólo por la noche. Pensaba que en el Museo Británico, una vez resuelta la preocupación por el día de mañana, sería feliz. Pero el drama no hizo más que estallar, porque ya no tenía veinte años. Comenzaba a amar el arte, la arquitectura, las corrientes y las experiencias modernas. La naturaleza no le atraía únicamente para reunir el material de laboratorio. «He pasado últimamente mucho tiempo fuera de la ciudad y me ha quemado el sol. Es una enorme alegría estar bronceado, tener el aire de un hombre venido de lejos, de la vida salvaje. Hoy estoy borracho de sol. Ni el mar ni el cielo son lo suficientemente grandes para mí. Me gustaría probar todas las pasiones, jadear de vida, sentir vibrar mi corazón y mis miembros, vivir magníficamente, beber hasta las heces para aplacar mi sed, medir las profundidades de cada alegría y de cada dolor, ver la claridad cegadora de mi vida. ¡Oh, juventud, juventud!, ¡¡¡juventud!!! En semejantes momentos de éxtasis mi felicidad es torrencial...» (8 de mayo de 1911).

Busca mantener su posición de científico en el Museo Británico. «Guardo mis viejas apariencias, pero, detrás de ellas, me encuentro completamente transformado. Soy un hipócrita. Llevo máscara y coturnos, pero cada día me cuesta un poco más jugar mi papel» (27 de diciembre de 1912). Y empieza a analizar sus sensaciones, sus orientaciones estéticas y sus inclinaciones sensuales con una precisión y un interés cada vez mayor. Se da cuenta de que su sentido táctil está hipertrofiado. Sospecha que su pasión por las artes plásticas (tiene *El beso* de Rodin en su habitación y la *Reifenwerferin* de Boeltzig le obsesiona) no es más que una «sensualidad destilada» y le gusta tomar un baño frío todas las mañanas. Realiza un balance general al principio de cada año e intenta darse cuenta de si le queda algún recurso. «He analizado cada aspecto de mi vida y de mis resultados y todo lo que he visto me ha asqueado... me da la impresión de un erial sin cultivar. Me he extraviado desde el principio... ¿porqué intentar superar estas enormes lagunas iniciales?» (16 de febrero de 1914).

Aunque consumido por la enfermedad, que no había visto venir, no deja de pelear, ora con entusiasmo, ora con sobriedad. Sigue con pasión sus actividades en el Museo, redacta ensayos para revistas, se analiza y se muestra al desnudo en su *Diario*. Al mismo tiempo lleva una vida social. Varias veces tiene la impresión de haber encontrado el amor. Vacila al elegir a su novia. Se interesa por todo lo que es grande, por lo que llama los dinosaurios: Balzac, Napoleón, Roosevelt, Londres; o el rayo, el olor del carbón, del pescado frito, una fanfarria que toca una rapsodia de Liszt. Pero, sin embargo, la mujer es el milagro de la vida. La encontramos varias veces en el *Diario*, pero subterránea, difusa. La quiere tal como es, con su enorme ridículo y su encanto, con sus pasiones y su desnudez indecibles. Se casa cuando descubre —y ella también lo sabe— que está enfermo. Escribe sobre el amor y la abnegación de su mujer páginas de una decencia y una sutileza únicas.

Descubre a Nietzsche, Remy de Gourmont y, sobre todo, a María Bashkirtseff. «¡Oh, María Bashkirtseff! ¡Cómo van a despreciarnos! Ella siente lo mismo que siento yo. Tanto ella como yo tenemos la misma *self-absorption*, la misma vanidad, la misma ambición corrosiva. ¡Ella es impresionable, voluble, apasionada, enferma! Yo también. Su *Diario* es el mío. Y el mío es, sin embargo, insípido. ¡Ella ha escrito todos mis pensamientos, se me ha adelantado! He encontrado algunas similitudes psíquicas inauditas. Saber que no soy más que una réplica; ¿acaso no es humillante no ser más que el mero doble de otro? (14 de octubre de 1914)».

Continúa escribiendo su *Diario*, que pronto se vuelve su única razón de vivir. La guerra no le interesa o, por lo menos, no lo muestra. Después de casarse, cuando son visibles los efectos de la enfermedad, comprende su crimen. Pero ya hace mucho que se ha resignado, que ha renunciado a la gloria científica, es decir, a la ignorancia, la especialización forzada, al embrutecimiento preciso e ineluctable del investigador con anteojeras. Ya no quería embrutecerse interesándose sólo en el campo de investigación que el azar le había proporcionado. Lo que le interesaba era toda la vida, no sólo uno de sus cajones. No le faltaba nada para llegar a ser un sabio, excepto el hecho de que rechazaba con obstinación ser un pedante. Hombre de ciencia y pensador, siempre fue consciente de la mala pasada que le había jugado el destino.

En julio de 1917 dimite de su puesto en el Museo Británico, sin la esperanza de poder volver. Permanece lúcido durante toda su agonía. Feliz de pasar sus últimos meses al lado de su mujer y de su pequeña hija: «No tengo más que 28 años, pero mi vida ha sido suficientemente larga: he amado, me he casado, tengo una familia; he conocido las lágrimas y las alegrías, he luchado y he triunfado, y cuando me llegue la hora, seré feliz de morir (12 de octubre de 1917)». Desde el 14 hasta el 20 de octubre escribe una sola palabra: «Miserable». Y el 21 de octubre, la última de su *Diario*: «*Self-disgust*».

Barbellion murió, dice el *Diario*, el 31 de diciembre de 1917. En verdad, ha seguido viviendo dos años más. Años quizá trágicos, porque no ha vuelto a escribir nada.

(1932)

LA ESPAÑA DE UNAMUNO

Miguel de Unamuno ha demostrado ser valiente una vez más. Su entrevista del mes de agosto, en la que se levanta firmemente contra el gobierno y la anarquía de Madrid, le ha enemistado para siempre con la Europa democrática. Al pronunciarse a favor de los nacionalistas y en contra de los marxistas, él mismo ha colocado una losa sobre su gloria europea. Es obvio que no tardarán en aparecer las sanciones. Si no será atacado violentamente por la prensa de los países democráticos, será, por lo menos, boicoteado por el mundo editorial y las librerías francesas. En cualquier caso, hace ya un mes que Miguel de Unamuno ha dejado de ser una gloria «europea».

Como todo gran español auténtico, ha vivido, quizá a pesar suyo, una paradoja permanente y dramática, ilustrada por su obra. Espíritu libre y combatiente intrépido contra la dictadura de Primo de Rivera, encontró refugio en Francia. Gracias especialmente a las intervenciones de los intelectuales franceses, el tirano fue obligado a poner en libertad al célebre rector de la Universidad de Salamanca. ¿Hay algo más paradójico que el exilio de Unamuno en Francia? ¡Un católico, un místico, en el corazón de un París jacobino y democrático! Se puede entender fácilmente por qué se aburría en París, por qué pasaba sus jornadas en casa leyendo a Louis Veuillot, Charles Loyson y a su inestimable santa Teresa. ¿Qué podría haber hecho en una ciudad en la que el espíritu de 1789 permanecía intacto, donde la gente era ora escéptica, ora educada? En una ciudad así, ¿podría escribir otra cosa que su *La agonía del cristianismo*?

Y no es menos paradójico que esta Francia antimística y equilibrada ha hecho de Unamuno, la más ferviente inteligencia moderna, un escritor europeo. Unos años antes había sido traducido al italiano por el admirable Gilberto Beccari; escritores de la misma familia espiritual, como Giovanni Papini, le habían dedicado artículos entusiastas desde 1915 y, sin embargo, su fama no ha llegado a ser realmente europea antes de 1924, y eso gracias exclusivamente a los esfuerzos de escritores franceses.

Sus afinidades francesas han engañado a muchos. Le han tomado por un mártir de la libertad, por un partidario de los ideales de la Revolución, por un agnóstico. Y *La agonía del cristianismo* no ha bastado para desvanecer en seguida este error. Ha hecho falta que España se transforme en una república y que él retome su colaboración con el periódico *El Sol* para que las cosas se aclaren un poco. Pero solamente un poco. En el fondo, la paradoja Unamuno permanece intacta. No puedo olvidar mi sorpresa cuando leía sus artículos publicados en *El Sol*, en el otoño de 1932. Por mi parte, he publicado en *Cuvântul* un artículo que analizaba uno de sus editoriales, titulado «Vicios propios de los españoles». Toda España hablaba de Marx y de Lenin, pero Miguel de Unamuno hablaba como siempre de santa Teresa, de Molinos y de Ignacio de Loyola. Toda España comentaba el discurso de un líder socialista, pero Miguel de Unamuno leía *Agonía del tránsito de la muerte*, libro publicado en 1544 por Alejo Venegas. Impresionante comunión con los grandes espíritus y las grandes pasiones de España, con la eterna España donquijotesca, y eso en la vorágine de la tormenta política y social. Nos enseñaba una vez más la facilidad con la que sabía salir de la «historia que se consume». Las raíces de su ser espiritual —el individualismo y el misticismo, dos actitudes situadas fuera de la historia— permanecían las mismas. La revolución no le dejó indiferente, pero tampoco logró cambiarlo. No hablaba ni en el nombre de la «revolución», ni en el nombre de la «república». Su interlocutor seguía siendo la «España eterna», precisaba sin rodeos.

Se han dicho y se dirán todavía muchas cosas sobre esta España eterna. La más asombrosa geografía espiritual de Europa empieza más allá de los Pirineos. Ningún otro pueblo europeo ha vivido con tanta intensidad como el pueblo español el drama de la libertad espiritual, que explica todos sus excesos, sus locuras y sus brutalidades. *Creer sin ver*, creer por su propia voluntad, gracias pues a su propia libertad, éste es el orgullo cristiano con el que la historia y la espiritualidad española sintonizan plenamente. La conversión de América del Sur al catolicismo fue un acto brutal, como la tentativa de conversión de África del Norte. Un acto brutal y loco, pero perfectamente español. Porque los misioneros pedían a los paganos *creer* en un dios invisible cuyo hijo fue crucificado, y se lo pedían en el nombre de la *libertad*. La mayor libertad del hombre consiste en creer en lo invisible. Su mayor libertad y su mayor gloria. Cuando Don Quijote les pide a los mercaderes que confiesen que Dulcinea del Toboso es la más bella mujer y ellos le contestan que no pueden hacerlo porque no la han visto jamás, él les responde con desprecio: «Si os la mostrara, ¿qué hiciérades vosotros en confesar una verdad tan notoria? La importancia está en que sin verla lo habéis de creer, confesar, afirmar, jurar y defender»*.

Un gran mérito de Unamuno es haber comentado este párrafo citando textos de Ignacio de Loyola y recordando episodios de la conversión de América. Porque, como Don Quijote, Ignacio de Loyola asentó la salud del hombre sobre su *libertad* de creer en lo invisible y de vivir su vida aquí abajo en contra del mundo, es decir, en contra de lo que se ve.

España ha elegido los elementos más dramáticos, más heroicos, más paradójicos de la grandiosa síntesis espiritual del cristianismo; ella ha intentado ser verdaderamente cristiana, es decir, loca. Y la España eterna no saldrá nunca de su locura. No lo hará ni siquiera si llegase a ser, por un milagro, anticristiana. Incluso el comunismo español se funda sobre la libertad espiritual del hombre, sobre la fe en lo invisible, sobre un paraíso terrenal. Incluso el anarquismo español se funda sobre la fe en la posibilidad histórica de un mundo mejor, de un hombre más libre. He aquí el destino de España: luchar por la libertad del hombre, por su más grande gloria: la fuerza de creer en lo invisible...

Los marxistas y los nacionalistas, por ser españoles, participan del mismo drama espiritual. Los horrores de la guerra fratricida espantan al mundo. Pero lo que ocurre hoy en España no es más grave que lo que ocurría en América hace unos cuantos siglos: en el nombre de un *invisible*, se ha destruido una gran civilización. Los españoles no os piden que aceptéis este invisible, os piden que creáis en él, porque la libertad os permite elegir *lo que queráis* y adherirse a ello. Que se trate del Cristo de la Iglesia católica, de los soviets o de la junta nacional, el acto libre del hombre permanece el mismo: él cree, con su voluntad y su saber, en algo invisible. Y esta fe es su libertad, su drama, su salud... Así es la España de Miguel de Unamuno, la España eterna.

(1935)

* M. de Unamuno, *Obras Completas*, Fundación Castro, Madrid, tomo X, p. 39. [*N. del T.*]

UNAMUNO Y EL MITO ESPAÑOL

El viejo rector de Salamanca, el infatigable Miguel de Unamuno ha muerto mientras una atroz guerra civil se ha desencadenado. Ha muerto enemistado con el gobierno de Burgos, después de haberlo estado con la monarquía, con la república democrática y con el régimen comunista. Todavía no sabemos qué palabras proféticas ha pronunciado o escrito sobre su lecho de muerte. La guerra civil, si le ha hecho sufrir en cuanto hombre, no le podía sorprender demasiado en cuanto español. «Entre todos los derechos íntimos que tenemos que conquistar, no tanto de las leyes cuanto de las costumbres, no es el menos precioso el inalienable derecho a contradecirme»*, escribía en 1900 en un célebre ensayo, *La ideocracia*. Contradecir, es decir, afirmar su «arbitrariedad», «la razón del corazón» contra no importa quién o cuales sean los riesgos. Gran maestro de la controversia, técnico de la paradoja, poeta preso tanto del lirismo como del humor, siempre ha amado la guerra civil. No olvidemos que su primera novela, *Paz en la guerra* (1897), hace revivir el drama carlista y la consiguiente guerra civil (1872-1876). Y sobre todo, no olvidemos que un comentador tan entusiasta y profundo del *Quijote* había comprendido hace mucho la significación de las batallas contra los gigantes y los molinos de viento. En la vida social y política, «la hidra revolucionaria y la ola negra de la reacción» (VIII, p. 331) eran los nuevos dioses de España; o, para ser precisos, el nuevo rostro del maniqueísmo ibérico. Lo dice él mismo en *La ideocracia*: «Todo español es un maniqueo inconsciente; cree en una Divinidad cuyas dos personas son Dios y el Demonio, la afirmación suma, la suma negación, el origen de las ideas buenas y verdaderas y el de las malas y falsas» (*ibid.*).

* M. de Unamuno, *Obras Completas*, Fundación Castro, Madrid, tomo VIII, p. 325; en adelante, número de tomo y página, entre paréntesis, tras las citas. [*N. del T.*]

Añade que en España, donde la Inquisición es inmanente —personal y social— la ideocracia ha engendrado la ideofobia, porque la anarquía siempre lleva al absolutismo.

Frente a este dualismo original del espíritu ibérico, no se puede hacer nada mejor que militar por «el derecho de protestar», por la polémica, por la guerra civil. Ningún otro escritor español moderno ha tenido una intuición tan precisa del drama y de la gloria del espíritu ibérico, de su destino: «morir por no poder morir». En ninguna parte esta paradoja es tan orgánica y fuerte como en su obra, pero no por ligereza ni escepticismo. Luchando por el derecho a protestar, Unamuno no pretende luchar por un nuevo género de protestantismo político, por agostar como ley y esterilizar ese impulso dramático tan propio de España. Protesta antes de todo porque es y sólo después porque sus ideas no se acuerdan con las de otros. No protesta contra un gobierno para defender otro. Protesta simplemente porque está vivo. Y porque la ideocracia es la más abyecta de las tiranías. Unamuno reivindica el derecho a tener otras ideas, siempre otras ideas, el derecho a contradecir y a contradecirse. «¿Que Fulano cambia de ideas como de casaca? Feliz él, porque eso arguye que tiene casacas que cambiar» (VIII, 329), exclama. Porque lo importante es pensar, ser uno mismo, sentirse vivo; «y pensar con todo el cuerpo y sus sentidos, y sus entrañas», añade, aludiendo de nuevo a la «fisiología pneumática» que conocen bien los lectores de *El sentimiento trágico de la vida*. El que piensa de una forma orgánica expresa sus ideas y se libera así de su tiranía degradante.

Las ideas y las doctrinas no son la fuente de nuestros actos, sino su justificación posterior tanto para nosotros mismos como para nuestros prójimos. «Interésanme más las personas que sus doctrinas y éstas tan sólo en cuanto me revelen a aquellas» (VIII, 326). Las ideas son inevitables y necesarias, como los ojos y las manos. Si amplifican e intensifican la vida, son buenas y verdaderas; si la deprimen, son falsas. *Únicamente la idea que uno vive es verdadera.* «Idea que se realiza es verdadera, y sólo lo es en cuanto se realiza, la realización que la hace vivir, le da verdad».

Pero ¿qué es la verdad?, se pregunta Unamuno en un espléndido ensayo (*¿Qué es la verdad?*, VIII, p. 898). «Verdad es lo que se cree de todo corazón y con toda el alma». Al hombre no le queda más que seguir un único camino: *obrar según su alma y su corazón*. Un solo camino, pero eso significa de hecho un millón, un billón de caminos. Porque cada uno no podrá encontrar más que *su* verdad, *su* salud. «[...] vale más el error en que se cree, que no la realidad en que no se cree [...]» (VIII, p. 886). Solamente una cosa es importante: encontrarse a sí mismo, conocer sus pasiones y sus tiranías. Un hombre sincero, como un hombre desnudo, siempre es bello. «[...] así como el paganismo culminó en el desnudo del cuerpo, así el cristianismo debe culminar en el desnudo del alma» (VIII, p. 888).

En el fondo, la controversia, la protesta y la lucha no son más que medios para llegar a la sinceridad, para definir los contornos del individuo, para sustraerlo a las fórmulas y a los dogmas, aplicables a realidades totalmente diferentes del hombre. La intensa pasión vertida por Unamuno en las controversias, las polémicas y los ensayos no tiene otro fin: exhortar a la sinceridad, «despertar a los hombres» obligándoles a concentrarse sobre su alma. Como Giordano Bruno, quiere ser alguien que despierte las almas dormidas, *dormitantium animorum excubitor*, fórmula de Bruno que, por otra parte, comenta al final de su *El sentimiento trágico de la vida*, oponiéndole el ideal de Don Quijote, que no creía en el triunfo de sus ideas, porque sabía que no pertenecían a este mundo. Tampoco Unamuno cree en la victoria de las suyas. ¿Qué ideas?, por otra parte. ¿Producto de qué época, de qué pasión, de qué libro? Él no tiene ideas para predicar. No tiene más que pasiones, que opone a las de sus prójimos. No tiene más que una técnica: la sinceridad consigo mismo, hasta la muerte. Porque la paradoja no tiene otra solución durante nuestras vidas; quizá sólo después de la muerte, cuando el alma encuentre su descanso...

Cuenta, en sus recuerdos de infancia y de primera juventud, la pasión con la que descubrió los libros y las ideas. «Enamorábame de lo último que leía estimando hoy verdadero lo que ayer absurdo; consumíame un ansia devoradora de esclarecer los eternos problemas; sentíame peloteado de unas ideas a otras y este continuo vaivén en vez de engendrar en mí un escepticismo desolador me daba cada vez más fe en la inteligencia humana y más esperanza de alcanzar alguna vez un rayo de la Verdad. En vez de llegar, como muchos llegan, a decirme: 'Nada puede saberse de cierto', llegué a que todos tienen razón y es lástima grande que no logremos entendernos» (*Recuerdos de niñez y mocedad*, VII, p. 458). Todo el mundo tiene razón, he aquí un tema recurrente en la obra de Unamuno. *Todo el mundo tiene razón*, con la condición de ser sincero, de despojarse, de liberarse de automatismos y dogmas. La controversia tiene, pues, por fin último permitirnos verificar nuestras posiciones, encontrar nuestra verdad personal. Discutimos para convertir nuestros adversarios a nuestras ideas; polemizamos para ayudarlos a que se conozcan mejor. El combate es, pues, provechoso para los dos. Porque luchando, volviendo a estar solo ante la muerte, reencuentra las verdaderas raíces de su ser. La lucha es una invitación a la sinceridad. Todo el mundo tiene razón, con la condición de ser sincero. Una guerra civil en España, no es más que un momento sangriento en la búsqueda eterna de sí mismo...

El cristianismo debe vencer revelando el alma. Pero ¿qué cristianismo?, se pregunta Unamuno, lector apasionado de san Agustín, de Tertuliano, de los santos españoles y de Søren Kierkegaard. Evidentemente, no el cristianismo «racional» y escolástico enseñado por los profesores de teología como el malogrado *fray* Zeferino González, autor de moda en los seminarios del siglo pasado y contra quien Unamuno escribió algunas páginas incisivas al principio de *¿Qué es la verdad?* La Iglesia racionalista es, según Unamuno, una verdadera desgracia. Los cristianos que se creen «racionalistas» son, de hecho, materialistas en contra de su voluntad. No es que piensen que la materia es el fundamento del ser, pero quieren legitimar lo sagrado recurriendo a pruebas y argumentos filosóficos. Creer en Dios significa una sola cosa para un cristiano: desear con toda su alma que Dios exista. Desearlo, y decirlo. Porque el verbo es creador. Jesús ha hecho milagros con el *verbo*, algunas veces sin realizar ningún *acto*.

El cristianismo de Unamuno no es, por supuesto, ni el cristianismo occidental ni el cristianismo nórdico. Sus fuentes se hallan entre los «grandes africanos», Agustín y Tertuliano, estos apasionados espíritus paradójicos y gongoristas. Escribe, a propósito de san Agustín, que «conceptismo y gongorismo son las formas más naturales de la pasión y de la vehemencia» (VIII, p. 1000). Y a través de este camino de la fe se siente ligado a toda España. En un ensayo llamado *Sobre la europeización*, ataca ferozmente a Europa. Las ideas directrices del espíritu europeo moderno, y por consiguiente su conformismo científico, le producen horror. «Hay dos cosas de que se habla muy a menudo y son la ciencia y la vida. Y una y otra, debo confesarlo, me son antipáticas» (VIII, p. 1000). El ideal de Europa es un hombre emancipado del espejismo de la esfinge, liberado de la eterna y paradójica congoja; dicho de otro modo, ¡*un hombre que ya no es hombre*! Europa busca la felicidad. Pero hay que elegir entre la felicidad o el amor; uno excluye al otro. La pasión y la sensibilidad, España y Francia, son incompatibles. La pasión es arbitraria, la sensualidad es lógica. Se podría decir que la lógica es una de las formas de la sensibilidad. Francia es risueña y sensual, España es áspera y triste. En España no se puede hacer nada mejor que pensar en la muerte. En Francia todo invita a la superficialidad. «Nunca olvidaré el desagradabilísimo efecto, el hondo disgusto que me produjo la algazara y el regocijo de un bulevar de París [...]» (VIII, p. 1005). Todos estos jóvenes que cantan y beben, que hablan y hacen el amor le parecen carentes de conciencia, «*puramente aparenciales*». En este París risueño, centro de Europa, Unamuno se siente solo. Cuando Pío Baroja lamenta en un célebre artículo («¡Triste país!») que la frivolidad y la jovialidad son inaccesibles para los españoles, lo que considera como una de las cosas más deprimentes del mundo, Unamuno le replica que, por el contrario, lo deprimente sería una España frívola y jovial. Los españoles ya no serían españoles pero tampoco llegarían a ser europeos. Esta áspera y triste España ha dado un Cervantes, un Velázquez, un Goya y nacerán otros como ellos si España no se europeíza. Un ibérico se siente mal y solo en Europa. Sin embargo, existe una solución, proclama Unamuno: *¡Que se españolice Europa!* Es decir, que adopte la técnica de la sinceridad, de la paradoja (*arbitrariedad*), de la polémica, de la controversia. Unamuno crea así un imperialismo espiritual ibérico, fundado sobre un gran mito español: Don Quijote. Conocemos el éxito mundial cosechado por su *Vida de Don Quijote y Sancho*. Este libro sustancial y apasionado es la piedra angular de su obra, el fundamento del mito español, la solución de la «paradoja» que le ha obsesionado toda la vida. Don Quijote forja un mundo sobre sus ideas y sus sentimientos. Un mundo vivo, real, efectivo, y no el mundo abstracto de un soñador. Actúa, vive y muere en conformidad con su mundo; no se rebaja hasta la «realidad» de los demás, ya hecha, «automática», global. Unamuno ve en la acción *conforme al sueño* (o al ideal, a la fe, a la imaginación, al amor) el único medio para no dejarse esterilizar por la paradoja, por la nada. Eres sincero, eres tú mismo, vives en tu mundo, pero tienes que conformarte a este mundo creado por tu sinceridad, *tienes que ser vivo* en él; por consiguiente, actuar en función de este mundo ideal, y no conformarte con preservarlo en tu espíritu, como consuelo para tu soledad o tu melancolía. Es necesario que la acción se adapte a la paradoja, es la única tabla de salvación para escapar de la nada, pues así como *creas* sin cesar vida, creas también sinceridad.

Nuestro análisis de la obra de Unamuno es ilustrado por uno de sus dramas, *La esfinge*, cuyo héroe, Ángel, un cabecilla revolucionario que consigue unos rápidos éxitos políticos, empieza a dudar del sentido de la vida; así pues, decae desde el plano de «realidad» de su vida personal hasta otra realidad, la de los hombres. Desde ese momento, es expulsado de la vida, es un vencido: ha dudado de su acción, es decir, del instrumento de su salvación. Su acción no era más que en apariencia el combate político. Su sentido verdadero era interior: si realizaba su ideal, si *creía* en él, lo crearía. Como Don Quijote. Para todos los hombres, pues, la salvación es única: vive tu locura y entonces verás que no es una locura, sino la vida.

Miguel de Unamuno es el único español que ha logrado dar una nueva interpretación, ibérica, del idealismo, y transformar una filosofía en mito.

POR OPOSICIÓN*

He leído recientemente, no en un relato de viaje, sino en un ensayo firmado por un eminente crítico español, que en España libros muy serios llevan sobre la cubierta, bajo el nombre del autor, la mención «profesor *por oposición*» o «doctor *por oposición*» o «predicador de tal iglesia *por oposición*». A los ojos de los españoles, este título vale más que cualquier mención académica u honorífica. En España no se obtiene nada sin pelear. Pero contra un único rival, no contra un grupo. Es un combate caballeresco, un *tournoi* que despierta el interés fuera del círculo en que se desarrolla. Un público inmenso y apasionado sigue todas las etapas de las oposiciones, etapas largas y penosas que evocan más bien antiguas pruebas de iniciación que un examen del siglo XX.

Lo que me interesa de este fenómeno ibérico no es su carácter aparentemente pintoresco, sino su asombroso simbolismo. La corrida no es pues una diversión dominical bárbara, no es un *training-ship*, sino una subespecie, de las menos interesantes desde el punto de vista psicológico, de la gran familia de las *oposiciones*. Todo español es un aficionado a los duelos sin piedad. Él ve siempre la realidad, biológica o espiritual, bajo el aspecto de un dualismo, de un dilema, de una controversia. Aunque no es más que un espectador, vive el combate en su dimensión sentimental, íntima o lógica. No asiste de forma pasiva. En las gradas de la plaza, se suelta, anima a su campeón, lamenta sus debilidades, exalta sus victorias. Pero al final aclamará al vencedor, cualquiera que sea. Igual ocurría con las *conversaciones* de Miguel de Unamuno, en las que el resultado de la confrontación a menudo coincidía con sus

* En castellano en el original. [*N. del E.*]

inclinaciones naturales; como verdadero español, lo respetaba, porque había sido alcanzado *por oposición*.

Pienso en la timidez congénita, cuando no se trata directamente de indiferencia, que muestran los rumanos cuando se trata de un concurso entre dos dotado con un único premio. El colegial o el estudiante rumano tienen como ambición distinguirse ante su propia «clase», no ante un individuo designado por una comisión. La opinión pública rumana nunca se pone de la parte de los laureados. Pocos son los ambiciosos e incluso los que yo he conocido nunca buscan un éxito *por oposición*. Quieren imponerse ora en ausencia del contrincante, ora teniendo a toda una comunidad por adversario. Las victorias que prefieren son las de la voluntad o de la idea, no las victorias deportivas sobre un único rival. De aquí *le malaise* de los estudiantes rumanos cuando no hay más que dos luchando por un solo premio. E incluso vencidos, quieren que se les reconozca su «punto de vista», su parte de verdad.

También el público, cuando asiste a un enfrentamiento de este tipo, siente un *malaise* si tiene la impresión de que uno de los contrincantes trata de anonadar al otro, de destruir irremediablemente su tesis. Cuando se trata de un combate individual por una idea, por una opinión, el interés general disminuye. Así, los libelos y los panfletos personales no gozan en absoluto de estima. En Occidente, cuando un profesor o un hombre de ciencia es contestado, publica en seguida un folleto que distribuye gratuitamente, que manda a los cuatro rincones del continente, a los especialistas susceptibles de interesarse por su caso. Los libros de éxito conllevan folletos y panfletos; la disputa continúa y el público se divierte. En Rumanía, la polémica y el panfleto sólo gustan si son dirigidos contra un estado general de cosas (la falta de honradez, las costumbres políticas, el vicio, las frivolidades, el esnobismo) o contra un hombre cuyo nombre simboliza semejante estado de cosas (como P. Constantinescu* o los Brătianu**). Si entablan una controversia, los rumanos la elevan en seguida al nivel de los grandes principios, de las ideas, de las abstracciones. Se oponen, ciertamente; pero se trata de una oposición a las generalidades, por ejemplo la reforma agraria. El individuo como tal no despierta ningún interés. Si uno cita nombres, lo hace por su mero valor demostrativo, en la medida en que ilustran el sistema contra el que van dirigidas todas las críticas.

* Pompiliu Constantinescu (1901-1946), crítico literario, publicó artículos y estudios sobre la casi totalidad de los escritores rumanos del período de entreguerras. [*N. del T.*]

** Familia de la que provinieron a lo largo de más de un siglo varios miembros muy destacados de la clase política. [*N. del T.*]

La pasión de los rumanos por la oposición abstracta no es un fenómeno urbano reciente; pensemos en la pasión de los campesinos por el pleito. Los procesos se eternizan, se obstinan en seguir pleiteando a toda costa. Se trata de su derecho y se gastarán toda su fortuna para preservarlo. Pero luchan contra algo abstracto, contra la Ley. Poco importa su enemigo inicial, una vez que se llega al tribunal. La Ley es el adversario, es a ella a la que hay que convencer, contradecir, arrodillar. Ella es personalizada de una forma animista, sus representantes devienen una fuerza irracional que hay que convertir. Por eso los campesinos tienen en tan alta estima sus testigos, que les sirven para ilustrar concretamente una verdad abstracta; es el único puente que les conecta con el sistema, su único fundamento en la duración. Antaño, en el campo, los tratos se cerraban ante una especie de hombres justos, los «hombres buenos y ancianos», «vecinos de más arriba o más abajo» que eran testigos. Pero si uno estudia atentamente la psicología del testigo rumano, constatará que su función social es abstracta; intenta ser objetivo pero deviene ridículo, falso y vano cuando, ante el tribunal, es considerado como individuo. Somos incapaces de tener testigos porque les obligamos a pensar individualmente. En la mentalidad popular rumana cumplen una extraña función: son sellos, signos, llamados a marcar el paso de los años y la muerte de la gente.

Es extraño el desinterés rumano por toda oposición individual. Es uno de los rasgos de la famosa tolerancia de este pueblo que nunca ha conocido las disputas teológicas ni ha despreciado a los hombres aparte de los sin fe o sin ley.

Los éxitos cosechados por los predicadores de las distintas sectas se deben menos a sus argumentos que a su vida, que ilustra y justifica la nueva ley. Cada vez que he asistido a un debate que oponía a sectarios, he observado que el público no se apasionaba por el éxito de uno o de otro, no admiraba su inteligencia o su erudición, sino que aplaudía lo que representaba a sus ojos la justificación de una verdad que entreveía sin alcanzarla.

En los pueblos se puede observar una indiferencia aún más evidente ante cualquier prueba pública que evoque, aunque sea de lejos, a un *tournoi*. Desde el momento en que la asistencia piensa que los oradores persiguen un éxito personal, pone en duda su sinceridad y las chanzas y los sarcasmos no paran; en seguida se instala la hostilidad. He visto un día, en el Cişmigiu*, a un predicador adventista que predicaba en

* Jardín público del centro de Bucarest. [*N. del T.*]

el desierto. Unos papanatas le prestaban la misma atención que a cualquier chisme ridículo, sin mostrar la menor simpatía. Pero he aquí que apareció un estudiante —«en filosofía», decía él— que se puso a contradecirle con las teorías de Darwin y de otros. Los papanatas le escuchaban sonriendo. Hasta que, con razón o sin ella, empezaron a tener la sospecha de que el estudiante intentaba brillar o cosechar aplausos. Entonces le pidieron que dejara hablar al predicador que, por otra parte, no había hecho otra cosa hasta entonces. Su simpatía se dirigía hacia este último, al mismo tiempo que el estudiante ansioso de éxito ya no les importaba.

He aquí por qué, nosotros los rumanos, no tenemos ni a Don Juan ni la tauromaquia. Si amamos los españolismos, es porque vienen de España, no porque estén en sintonía con nuestra biología o nuestra lógica. Y rechazamos, con una milenaria inercia, cualquier verdad obtenida *por oposición*.

(1933)

EN ESPAÑA Y EN RUMANÍA

Los recientes *Ensayos españoles* de José Ortega y Gasset deberían ser leídos por cualquiera que se pregunte sobre la originalidad y la viabilidad cultural de un pequeño país. Gran número de sus observaciones, especialmente sobre el pueblo y la ciudad, sobre la ausencia de elites en la vida espiritual y política, también nos atañen a nosotros. Su ensayo, que lleva el sugerente título de *España invertebrada*, debería ser meditado, porque podría dar pie a interesantes estudios sobre la estructura del Estado rumano.

Pero no quiero ocuparme aquí de este libro, sino de las curiosas similitudes de método, preocupaciones y fuentes que utilizan los tres grandes ensayistas españoles contemporáneos: Miguel de Unamuno, Eugenio d'Ors y Rovira y Ortega y Gasset. Similitudes que no carecen de sentido. Al contrario: ellas testimonian la eficacia de su pensamiento y justifican una vez más el lugar que ocupan en la cultura europea.

Extrañamente, sus fuentes se distinguen claramente de la documentación de otros ensayistas europeos contemporáneos. Unamuno se inspira abundantemente en los místicos, en Don Quijote y en los nórdicos, D'Ors y Gasset hacen amplias referencias a la pintura española (Goya en particular) y a las obras de biología organicista (pero no de biología mecanicista, según mis conocimientos) o a la filosofía de la cultura (de un género poco corriente: el nuevo concepto de geografía, la experiencia visual o el barroco) y, finalmente, citan a grandes autores como Montaigne o Pascal de Francia, Goethe y Nietzsche de Alemania.

Los ensayistas españoles utilizan una información mucho más vasta y nueva y dan prueba de un pensamiento mucho más audaz y creativo que los del resto de Europa. El *paisaje*, natural o pictórico, vuelve una y otra vez bajo la pluma de D'Ors y de Ortega. Se podría decir que no pueden estructurar su visión y comprender un fenómeno, incluso la vida en su totalidad, si su pensamiento no se amolda a las formas, a los colores, a los productos del arte. De aquí sus maravillosos estudios sobre la pintura (el marco, el colorido, la expresión de los ojos, etc.) y su insistencia sobre la geografía, las zonas, el medio. En la *Weltanschauung* de estos dos pensadores adivinas la colaboración de todas las fuerzas de comprensión, desde la intuición telúrica de la configuración geográfica hasta la intuición refinada de las últimas fórmulas del arte. Su pensamiento y su intuición están en contacto permanente con todas las realidades. Nos damos cuenta de que aprecian los paisajes y aman las flores *de una manera diferente* a cualquier otro intelectual europeo. «Orgánico» no es para ellos una palabra vana. Su pensamiento se alimenta de todas las fuentes, es un pensamiento vivo, maleable y, por eso mismo, asombrosamente sugestivo y valiente.

Pero sus similitudes no se limitan sólo a eso. Cada uno de ellos ha elegido un mito central que le sirve para entender el mundo y la vida, para descubrir sentidos y profecías. Unamuno, ya lo hemos dicho, nunca se aparta de Don Quijote, que es para él una leyenda tan viva como la Pasión. Ortega y Gasset tiene a su Don Juan que, como la Gioconda que encarna la esencia de la feminidad, es la imagen viva y total de la virilidad. Y no duda en escribir sobre este mito apócrifo páginas en las que una reflexión austera se une a una ensoñación inspirada. Eugenio d'Ors no ha elegido ninguna leyenda o personaje del espacio espiritual español para comentar la actualidad y comprender el mundo. Sin embargo, conserva sus tipos: Goya, Cristóbal Colón, Fernando e Isabel; cuando cuenta su vida o analiza sus obras, su pensamiento es solidario con el de sus dos compatriotas (¿acaso sus reflexiones sobre Goya, sobre Isabel, sobre lo barroco son otra cosa que un *pendant* de las intenciones de Unamuno sobre Don Quijote, sobre la agonía y la paradoja, o de las consideraciones de Ortega y Gasset sobre Don Juan, la feudalidad y el mundo rural?).

Al concluir estas sucintas líneas sobre el ensayo español, no puedo dejar de pensar en la cultura rumana y en sus ensayistas. La diferencia salta a la vista. Las fuentes de cada uno de ellos son las fuentes de moda en París, Roma o Berlín. Ningún intento de autonomía en la búsqueda de los textos, ningún atrevimiento en su interpretación. Hace siete u ocho años, estaban de moda la mística y la escolástica; los ensayistas rumanos leían y comentaban la literatura mística y escolástica. Un año más tarde se puso de moda la metafísica y los ensayistas rumanos citaban la literatura alemana especializada. En sus obras se reencuentran las celebridades mencionadas por cualquier diletante de cualquier parte del mundo. Nada personal, ningún nombre que intentasen imponer por ellos mismos.

La cultura rumana tiene la leyenda de Mioritsa y la del maestro Manole*. Ciertamente no son exclusivamente rumanas, pero las sentimos tan nuestras y su significación es tan rica que un comentario sería necesario y revelador. Hay tantas realidades a nuestro alrededor y tanto fantástico en nuestro pasado y, sin embargo, ningún pensador, ningún ensayista rumano los estudia. ¡Se podría escribir un comentario tan bello sobre *La leyenda del maestro Manole*! ¡Se podría escribir una historia filosófica tan bella de la cultura rumana, desde *Mioritsa* hasta Vasile Pârvan**! ¡Sobra decir que en este momento, en pleno verano, las revistas rebosan de debates sobre la nada! ¡La única cuestión filosófica que escapa a los rumanos, la más extraña a nuestra raza!

(1933)

* Dos textos fundadores de la espiritualidad rumana que llevan la marca del fatalismo trágico. En *Mioritsa*, un pastor se deja asesinar por unos compañeros envidiosos sin oponer ninguna resistencia. En *La leyenda del maestro Manole*, un maestro constructor tiene que emparedar viva a su mujer para poder levantar un monasterio. Mircea Eliade publicó en 1943 un estudio sobre este poema, *Comentarios sobre la leyenda del maestro Manole*. [*N. del T.*]

** Arqueólogo, historiador y filósofo de la historia (1882-1927), es el fundador de la escuela moderna de arqueología de Rumania. [*N. del T.*]

EN LA MUERTE DE RUDOLF OTTO

Con la muerte de Rudolf Otto hemos perdido al más popular filósofo de la religión que ha conocido el siglo XX. En cualquier sitio en que se haya conservado vivo el interés por las realidades religiosas, el nombre de Otto resulta familiar y sus ideas son comentadas. Como ocurre siempre con este tipo de «celebridades», Rudolf Otto es conocido por el libro que le ha hecho popular, *Das Heilige** y por la idea central de este libro: el carácter irracional de la experiencia religiosa. Ciertamente, *Das Heilige* tuvo una carrera prodigiosa. Editado en 1918, ha logrado alcanzar dieciocho ediciones en los diez años siguientes a su aparición; y en 1931 se editaba la vigésimo segunda edición. El éxito que ha tenido este libro teorético sólo se puede comparar con el éxito del célebre tratado de Spengler. Para las generaciones posteriores a la guerra, *Das Heilige* ha desempeñado el mismo papel que el ensayo sobre *Las variedades de la experiencia religiosa* de William James, quince años atrás. Si hasta el año 1917 el libro de James era la mejor introducción para la comprensión del fenómeno religioso, por lo menos para un laico, para un lector formado por la psicología y el positivismo, de la misma forma *Das Heilige* es, en el día de hoy, una excelente lectura para cualquiera que desee acercarse a la realidad religiosa sobre una base teorética. Su éxito de prensa y mercado, así como el gran prestigio filosófico que ha alcanzado, se deben en gran parte a estas cualidades. *Das Heilige* ha sido traducido a ocho idiomas y se han escrito sobre él innumerables libros, folletos y estudios. Algunos de ellos, como por ejemplo, *Das Heilige. Kritische Abhandlung über Rudolf Ottos gleichnamiges Buch* [Lo santo.

* *Lo santo: lo racional y lo irracional en la idea de Dios*, trad. de F. Vela, Alianza, Madrid, 2009. [N. *del E.*]

Tratado crítico sobre el libro homónimo de Rudolf Otto] de Friedrich Feigel (Haarlem, 1929) o las críticas, más duras aún, de los católicos Joseph Geiser, *Intellekt oder Gemüt?* [¿Intelecto o ánimo?] (Freiburg, 1921) y Pater Wilhelm Schmidt, *Menschheitswege zum Gotterkennen* [Vías humanas para el conocimiento de Dios] (München, 1923), constituyen otras tantas buenas monografías sobre la filosofía de las religiones y la psicología religiosa.

Intellect oder Gemüt? Esta pregunta era lo suficientemente irónica y sobre todo injusta con el pensamiento de Rudolf Otto. Porque, tal como él mismo nos recuerda en el prefacio de *Das Heilige*, solamente se atrevió a publicar este libro dedicado a los elementos irracionales de la experiencia religiosa después de haber intentado establecer, ocho años antes, en su *Kantisch-Fries'sche Religionsphilosophie* [La filosofía de la religión de Kant y Fries] (Gotha, 1929), la estructura racional de la vida religiosa. Como ocurre a veces, este libro ha gozado de una circulación muy reducida. Otto ha seguido siendo, incluso para los especialistas, el autor de *Das Heilige*, aunque había publicado hasta entonces una media docena de volúmenes, algunos de ellos excelentes, como *West-östliche Mystik* [Mística occidental y oriental] (Gotha, 1929) o *Reich Gottes und Menschensohn* [Reino de Dios e Hijo del hombre] (München, 1934), su obra más original, según mi opinión. Pero no puedo olvidar sus admirables traducciones de la mística hindú, ni los estudios sobre historia y psicología religiosa, de los que no sabemos qué admirar más: si su vasta erudición filológica, su sólida preparación filosófica, la claridad de la exposición o la originalidad de los puntos de vista.

Lo que más ha impresionado en *Das Heilige* ha sido la «novedad» de su tesis: la brillantez con la que Otto demuestra la riqueza y la permanencia de los elementos predialécticos en la experiencia religiosa. De hecho, ha sido Schleiermacher el que ha demostrado que la vida religiosa nace y se alimenta exclusivamente de elementos irracionales: el sentimiento y la conciencia de la absoluta dependencia de Dios. Schleiermacher intentaba devolverle su autonomía. Como Søren Kierkegaard al principio del siglo XIX, Schleiermacher se oponía a la concepción kantiana, que ligaba en exceso la experiencia religiosa a la conciencia moral inmanente. Rudolf Otto vuelve a retomar la intuición del pastor romántico Schleiermacher e intenta esquematizar en su *Das Heilige* toda la fenomenología religiosa, partiendo del sentimiento original del hombre creado que se siente dependiente de su creador (te sientes *criatura*, es decir, creado por otro, cuya presencia es, según las circunstancias, terrorífica, majestuosa, fascinante, etc.). Solamente el que ha leído este prodigioso libro puede hacerse una idea de la inusual maestría con la que

Rudolf Otto analiza y formula tantos aspectos oscuros de la experiencia religiosa. Una de las cualidades excepcionales de Otto es justamente la claridad y simplicidad de la exposición. Aunque sus libros contengan innumerables capítulos, subcapítulos, párrafos, etc., pocas veces se han escrito en alemán páginas tan esclarecedoras sobre un tema tan complejo y delicado.

El brillante análisis de los factores irracionales de la experiencia religiosa ha hecho que el nombre de Rudolf Otto permanezca ligado al «irracionalismo». Otto ha intentado protestar cada vez que ha tenido la oportunidad contra esta notoriedad equívoca. Porque, si reconoce la riqueza y la autenticidad de los elementos predialécticos de todas las religiones, siempre se ha esforzado, como teólogo serio que era, por conquistar «para la *ratio* el mayor lugar posible en este campo». Su anterior libro dedicado a la filosofía religiosa de Kant y Fries intentaba articular precisamente esta «mediación» entre lo racional y lo irracional. Ocupándose especialmente de De Wette, el jefe de la escuela teológica de la «armonización» de los dos factores (*Vermittlungstheologie*), Otto observa que su papel ha sido, al principio del siglo XX, muy similar al papel de Clemente de Alejandría y Orígenes en los albores de la teología oriental: «conciliar» la cultura espiritual de su tiempo con el pensamiento cristiano. Sin confesarlo directamente, es evidente que Otto reivindica el mismo papel de «mediador» para sí mismo dentro del pensamiento moderno. Por eso la opinión que coloca a Otto entre los «irracionalistas» es totalmente errónea. La misión que Otto reivindicaba para sí era mucho más amplia. Porque no se ha limitado a resolver el eterno problema de la teología, la existencia de una *revelatio generalis* al lado de una *revelatio specialis*; si cualquier cristiano alberga la convicción de que su religión tiene una validez universal, también es consciente de que esta religión se basa en hechos históricos, en contingencias, que solamente tienen valor en la medida en que son consideradas como *revelaciones*, pero sin poder ser reconstruidas a través de un razonamiento *a priori*. Rudolf Otto ha sido un «mediador» en casi todos los libros que ha escrito. Un mediador que no entendía de componendas. En *Das Heilige* ha aceptado la fenomenología religiosa e incluso la «psicología», pero sin abandonar las posiciones de la filosofía. En *West-östliche Mystik* ha «mediado» entre los fenómenos de la mística oriental y occidental, comparando con una asombrosa precisión el pensamiento de Shankara y el del Maestro Eckhart, señalando al mismo tiempo su profunda diferencia. En su último gran libro, *Reich Gottes und Menschensohn*, ha intentado «reconciliar» el pensamiento religioso ario, que ha logrado sintetizar debido a su profundo conocimiento de los textos hindúes, iraníes y griegos, con el pensamiento religioso semítico del Antiguo Testamento (dicho sea de paso, este libro esconde, quizá, las mejores páginas de exégesis y psicología religiosa que ha escrito Otto, y es, sin duda, el más original que ha escrito). Y por fin, este profesor de teología protestante ha intentado armonizar todos los métodos de conocimiento: lingüística y etnografía, historia de las religiones y teología, psicología y mística, metafísica y estética. Solamente quien ha sido capaz de vislumbrar el enorme y admirable esfuerzo de síntesis y «concordancia» que ha intentado Otto a lo largo de su fecunda actividad, podrá entender el malestar que le había provocado la etiqueta de «irracionalista» que le ha valido el éxito de su *Das Heilige*.

Siguiendo la gran tradición de los filósofos que son, al mismo tiempo, especialistas, Otto no ha despreciado el trabajo de laboratorio, las pequeñas monografías histórico-críticas, la erudición sólida, la humildad filológica. Escribió estudios eruditos sobre la *Bhagavad-Gîta* y tradujo incansablemente del sánscrito (el año pasado apareció una traducción admirablemente comentada de *Katha-Upanishad*); editó obras de Schleiermacher, E. Fr. Apelt y Heinrich Schmidt; escribió libros litúrgicos y cuidó la edición de colecciones de coros litúrgicos. Aunque ya célebre, traducido y comentado en diversos idiomas, profesor honorífico de muchas universidades extranjeras, Rudolf Otto ha seguido siendo, hasta el último año de su vida, un trabajador tan humilde como un estudiante. Nunca ha ocultado su ciencia en los libros de filosofía, ni tampoco ha dejado de filosofar en sus obras técnicas. Sobre todo, ha tenido el valor, poco frecuente cuando se trata de una inteligencia tan «original» como la suya, de decir y repetir cosas sencillas. Es lo que confiere a toda su obra una frescura única. Dirigiéndose, sobre todo, a un público protestante, con una larga tradición bíblica, no se avergonzaba de citar y comentar pasajes bíblicos archiconocidos para ilustrar sus tesis. *Reich Gottes und Menschensohn* abunda en este tipo de citas, pero su comentario nos revela la profundidad de su reflexión y el fervor con el que los asimiló...

Alemania ha perdido en él al más fecundo y versátil genio que la filosofía religiosa ha dado desde Schleiermacher hasta ahora.

SOBRE ITALO SVEVO

La carrera literaria de Italo Svevo no se parece a la de ningún otro gran escritor: incomprendido durante su generación, fue idolatrado por la generación o las generaciones posteriores. A pesar de todo, su carrera literaria ha sido comparada con la de Samuel Butler, James Joyce o Marcel Proust. En principio, esta enumeración de nombres puede parecer justificada. Cada uno de estos grandes escritores debutó con un libro de cierta fama, para encontrar una sorda y pertinaz resistencia a sus obras posteriores, las obras realmente revolucionarias. Samuel Butler obtuvo su único éxito con *Erewhon* (1872), y a pesar de publicar más de una docena de libros, su gran talento y su asombrosa personalidad pasaron desapercibidos hasta la aparición póstuma de su obra maestra *The Way of All Flesh* (1903). James Joyce debutó brillantemente con el volumen de cuentos *Dubliners*, pero tuvo menos éxito con su primer libro revolucionario, *A Portrait of the Artist as a Young Man* (que apareció, entre 1914-1915, por entregas, y en 1916 en un solo volumen), y su obra maestra, *Ulysses*, alcanzó la fama más bien por culpa de la censura inglesa y los esfuerzos de Valéry Larbaud, que por el entusiasmo de sus lectores. De la misma forma, el primer libro de Proust, *Les Plaisirs et les Jours* tuvo bastante éxito, al mismo tiempo que el revolucionario tomo de *Du coté de chez Swann* encontró una fuerte resistencia, no solamente en el gran público sino también en la elite.

Lo mismo le ocurrió a Italo Svevo. Su primera novela, *Una vita**, que apareció en 1892, tuvo un gran recibimiento por parte del público y la crítica. Animado por este éxito, Svevo publicó, seis años más tarde,

* *Una vida*, trad. de F. Perujo Álvarez, Joseph K. Editor, Madrid, 2003. [*N. del E.*]

su extraordinaria novela *Senilitá**, que nadie alabó y sobre la que nadie escribió, cuyo valor nadie reconoció, ni siquiera aquellos críticos que, seis años atrás, habían cubierto de elogios la novela de su debut. Este silencio tan generalizado y tan significativo arruinó por completo la incipiente carrera literaria de Svevo. Los demás «incomprendidos» (Butler, Joyce, Proust) continuaron trabajando en la sombra, al mismo tiempo que esperaban llegar su hora. Pero Italo Svevo renunció completamente a escribir. Veinticinco años después, cediendo a los consejos de Joyce, publicó su tercera novela, *La coscienza di Zeno***, que le proporcionaría fama mundial, fama que merecía haber conocido en 1898. La fama, pero no el éxito; porque, como Samuel Butler y James Joyce, el escritor triestino no ha llegado a tener éxito de público ni siquiera ahora, a pesar de ser archiconocido. No sé si *La coscienza di Zeno*, que tuvo su primera edición en 1923 y la segunda en 1929, ha llegado a su tercera edición. Aunque muchas revistas francesas le han dedicado íntegramente varios números[1], la traducción francesa ha tenido un escaso éxito entre la elite. La versión alemana (aparecida en Zürich, 1928) no ha vuelto a reeditarse. Quizá si se hubiera traducido anteriormente la excelente novela *Senilitá*, las cosas habrían cambiado; porque este libro de dimensiones reducidas (sólo 280 páginas frente a las 540 de *La conciencia de Zeno*) hubiera podido gustar a grandes masas de lectores.

Hay escritores que despiertan nuestro interés no solamente por el valor de su obra, sino también por las vicisitudes de su carrera literaria. Sin duda, Italo Svevo es uno de ellos. Pocos autores te pueden hacer que lamentes con mayor franqueza la estupidez de sus contemporáneos o la mala suerte. Ciertamente, la literatura italiana sería hoy más rica, si Svevo hubiera encontrado un buen crítico de su novela *Senilitá*. Hombre tímido y rico (pareciéndose en todo a su héroe Zeno Cosini), se desanimó enseguida y renunció con estoicismo a la literatura. Si la suerte no hubiera querido que Joyce eligiera Trieste como lugar de su exilio y si la familia de Svevo no le hubiera contratado como profesor de inglés, posiblemente hoy no tendríamos entre las manos esta novela de perfecta madurez que es *La coscienza di Zeno*...

Podríamos profundizar en el problema de la recepción de un escritor por el público o las elites de su propio país. Ciertamente, la acogida que brindan a una obra revolucionaria nos indica su nivel de inteligencia

* *Senilidad*, trad. de C. Manzano de Frutos, Gadir, Madrid, 2008. [*N. del E.*]

** *La conciencia de Zeno*, trad. de C. Manzano de Frutos, Gadir, Madrid, 2007. [*N. del E.*]

1. *Le navire d'argent* (1 de febrero de 1926), número de la *Nouvelle Revue Française*.

y de buen gusto. Svevo no ha empezado todavía a ser asimilado en Italia. Se repite el «caso» de Samuel Butler, con la única diferencia de que Svevo no ha tenido tiempo para hacer una pedagogía de su propia obra, enseñando a sus lectores a acostumbrarse a ella, creando puentes de comunicación, explicándose y explicitándose. Svevo tuvo la mala suerte de ser «descubierto» poco tiempo después de Proust. Ya se han intentado descubrir afinidades entre *Zeno* y *À la recherche du temps perdu*. Pero los intentos de explicar un autor comparándolo con otro no tienen ningún valor, especialmente cuando tomamos como punto de comparación una obra tan compleja y tan poco explorada como la de Proust. También ha fracasado el intento de recurrir al psicoanálisis para explicar a Zeno. Es verdad que la novela menciona la técnica psicoanalítica, pero únicamente para justificar una larga y caótica confesión. Para poder escribir sin ataduras, dando rienda suelta a su inspiración y, sin embargo, meticuloso en la elección de los detalles, Italo Svevo se aprovecha de un truco literario: justificar su narración a través de algunas páginas en las que se menciona la bien conocida terapia psicoanalítica.

Si queremos encontrarle a cualquier precio una familia literaria, tendríamos que buscarla en otro sitio; en la literatura inglesa sobre todo. Podríamos recordar a Lawrence Sterne, a Samuel Butler e incluso a Swift; pero también a Chéjov y a Wyndham Lewis (aunque es imposible que Svevo haya conocido a este último), y quizá al James Joyce de *A Portrait of the Artist as a Young Man*.

Algunas grandes líneas de fuerza unen las obras de todos estos escritores. Ante todo, un humor inalterado por la conciencia de su propio valor y especificidad (como en el caso de Jerome K. Jerome), ni por su función social o dogmática (como el «humor» de Shaw o Chesterton, por ejemplo). Después el inagotable talento que les permite colocar a gente normal en situaciones ridículas, pero no al azar, sino porque han sido llevadas hasta allí por la propia fuerza de su autoanálisis, talento que comparten tanto Sterne como Chéjov, Butler o Svevo.

Quizá Svevo sea el único autor italiano moderno que ha practicado con éxito el humor: en el campo de la novela italiana, por lo menos, es el único. Toda la literatura italiana, áulica, retórica o vehementemente plebeya, había evitado entregarse a esta actitud de ácida simpatía que es la base de cualquier tipo de «humor». Mostrar una sincera inclinación para la gente y los hechos humanos en su globalidad y, sin embargo, tener infinitas reservas mentales ante sus proezas o bajezas, he aquí una actitud que no ha sido bien recibida ni en Italia, ni en ninguna parte del continente. En la literatura italiana contemporánea, tenemos dos escritores que han intentado crear una especie de humor meridional: Papini y Panzini. Como sabemos, el segundo ha fracasado. Por su parte, Papini desarrolla en sus cuentos (especialmente en su volumen *Buffonate*; en el prefacio de este libro justifica su prosa, al ser editada en un país «donde el *humour* no es comprendido, *l'esprit* es de segunda fila y el *Witz* parece vulgar»), una ficción demasiado lógica para que impresione y un sarcasmo demasiado frío para ser eficaz. Lúcido incluso cuando es retórico, Papini no consigue, sin embargo, otorgarle carta de ciudadanía al humor, aunque ha logrado cosas más difíciles (por ejemplo, el demonismo y la invención fantástica). En cuanto al humor de Alfredo Panzini, éste no es más que optimismo disfrazado de erudición, *romanitá* y misoginia. En la novela italiana contemporánea, Italo Svevo es el único que se ha permitido el lujo de tener humor y genio al mismo tiempo. Los genios específicamente italianos, pero no solamente ellos, se muestran totalmente impermeables a esta categoría espiritual.

Por otra parte, me pregunto si el humor es la cualidad específica de la literatura de Svevo; en cualquier caso, es un elemento nuevo dentro del ámbito de las letras italianas y uno de sus múltiples ingredientes. Aunque debutó con una novela tan realista, en apariencia, como *Una vita* (obra de inmadurez todavía), podríamos adivinar en ella todo el desarrollo épico posterior. Esta novela ha sido calificada como «flaubertiana»; posiblemente porque parecía ser realista y, al mismo tiempo, escrita con una gran virtuosidad literaria. *Una vita* es, sin duda, la novela más equilibrada de Svevo. Y es posible que el enorme éxito de público que obtuvo en 1892 se deba precisamente a sus defectos, que confirmaron sus dos posteriores novelas. Porque *Una vita* tenía partes amorfas, al mismo tiempo que *Senilitá* o *Zeno* eran organismos perfectos, vivos. Lo que más interés suscitan son aquellos elementos épicos que preanuncian al futuro autor, elementos que, en 1892, eran tan revolucionarios, que fueron calificados de peligrosos. Intentemos, pues, analizarlos.

Tal como se ha dicho, existen creadores cuya obra, por amplia que sea, puede ser reducida a unos cuantos motivos centrales fácilmente detectables; motivos que cumplen dentro de la obra literaria el mismo papel que tienen los mitos centrales en una civilización o en una época cultural. Y así como la presencia del mito en cada manifestación espiritual o etapa histórica de una civilización prueba la autenticidad del crecimiento orgánico de la civilización, de la misma forma, el descubrimiento de los «motivos» centrales en cada uno de los fragmentos de una obra literaria nos ayuda a establecer, por una parte, la «autenticidad» de la obra, y por otra, el ángulo «óptimo» de perspectiva para que se pueda mostrar en todo el esplendor de su belleza. Sin duda, gran parte de su belleza o significación se nos escapa por la misma razón. La *Divina*

Comedia, *Tristam Shandy* o *Fausto* son obras de este calibre, que no se revelan, ni tampoco pueden ser asimiladas sin un previo ejercicio ascético (una iniciación técnica) y después de haber establecido con precisión el ángulo de contemplación que más les conviene.

Las novelas de Italo Svevo poseen un hilo conductor que nos puede acercar no solamente hasta la «originalidad» de su épica, sino también hasta el único punto central capaz de reunir en sí todas sus cualidades; cualidades que ya estaban presentes, aunque de forma latente, en *Una vita*. Por ejemplo *la muerte*. En todas las novelas de Svevo, siempre está presente la muerte en la familia del «héroe»: la muerte de la madre, en *Una vita*; la muerte de la hermana, en *Senilitá*; la muerte del padre, en *La coscienza di Zeno*. La muerte es siempre ora de los padres, ora de los hermanos, pero nunca es una muerte por amor; en ningún lugar de las novelas de Svevo muere la «amada» o el «amante». Nunca la muerte llega a ser catástrofe, combustión «blanca», «conocimiento», nunca llega a implicar directamente al héroe, y aunque éste se muestra profundamente afectado, no es capaz de descubrir nada a través de ella. En ningún lugar de la obra de Svevo encontramos una *superación*, un dolor grande, definitivo, capaz de poner fin a una vida y fecundar otra. Por eso tenemos la sensación de que todo está sin terminar; por eso el suicidio de Alfonso, en *Una vita*, es forzado y artificial. Un héroe perfecto, para Svevo, tiene la obligación de sobrevivir. El amor no le había llevado a ningún sitio (Alfonso ni siquiera había amado), la muerte no le había enseñado nada.

A medida que Svevo se conoce a sí mismo, retrata mejor el acontecimiento de la muerte. Es verdad que en estas tres novelas la muerte está precedida por una larga y secreta agonía, desconocida para los demás personajes. Pero, ¡qué gran diferencia entre la agonía de la madre en *Una vita* (una agonía larga y sin ningún significado, agotadora pero sin llegar hasta la alucinación, siendo más bien un estancamiento en lo subhumano) y la agonía de la hermana en *Senilitá* (llena de sorpresas, al borde de la locura, como una pesadilla de extenuada virginidad) o la agonía del padre en *La coscienza di Zeno*! La muerte del padre, en esta última novela, nos aclara los límites de la épica de Svevo. No se trata de una simple agonía, como en las demás novelas, sino de la oscura revelación de unas existencias o valores que pertenecen a la condición de ultratumba. El padre de Zeno Cosini tiene la certeza de *saber* algo que tiene que ser comunicado antes de morir; algo sencillo, pero de una suprema importancia; en una palabra, una *revelación*. Svevo derrocha talento y humor para contar los detalles que rodean esta muerte, detalles que generalmente invitan al fraude literario o al lirismo indecente.

Pero, en este caso, interviene el humor para conferir a la muerte como acontecimiento y al sentimiento de la muerte, en general, la eficacia necesaria. Un humor tranquilo y socavado, provocado por las circunstancias, no por la psicología.

Tal como hemos observado, las agonías de los personajes de Svevo no penetran en los corazones de los hijos o de los hermanos. Este aislamiento en el sufrimiento es un signo trágico, pero también la ocasión del humor. Como la muerte nunca afecta a los polos dramáticos de la narración (el «amante» o la «amada»), siempre ocurre «en familia», sin afectar la vida de los demás más que de forma fragmentaria, exterior, dejando siempre un resquicio para el humor. El dolor es casi siempre fingido; ninguna inversión de los valores, ninguna revelación ilumina las almas de los sobrevivientes. Un sentimiento de precariedad y de excentricidad invade a estos grupos humanos poco unidos entre ellos. Por otra parte, el ridículo de las situaciones y el humor de los personajes de Svevo es alimentado por esta incurable incapacidad de autosuperación, por esta gran incomprensión ante la muerte, por la desorientación y la improvisación en el amor. Todos los personajes de Svevo conocen el amor sea por casualidad (Alfonso en *Una vita*), sea por precariedad (Emilio en *Senilitá*), sea por timidez (Zeno en *La coscienza di Zeno*). No conozco ninguna otra gran obra literaria que le reserve al amor un papel tan sospechoso. En el fondo, todos los personajes de Svevo tienen veleidades sentimentales y nostalgias pasionales, pero al mismo tiempo, todos titubean ante el amor como tal, y casi todos se dejan llevar por las circunstancias, cayendo en experiencias eróticas o matrimonios sin sentido. A pesar de ello, en la obra de Svevo abundan las mujeres: algunas de ellas, como Angiolina de *Senilitá*, pueden llegar a obsesionar la memoria del lector con la misma vehemencia que las criaturas de Brontë, Dostoievsky o Balzac. Pero todas estas mujeres se pierden en un destino estéril. Ninguna se *realiza*; incluso aquella Angiolina, que reúne, con inconsciencia y encanto, todas las potencias de la feminidad, a pesar de desplegar todos los trucos de una vulgar cortesana, sin embargo, tiene los gestos de las grandes prometidas; incluso Angiolina, pues, fracasa lamentablemente, compadecida solamente por el humor tierno de Svevo.

En las tres novelas del autor triestino podemos encontrar una serie de encuentros entre los personajes o asambleas en las que percibimos la incapacidad del autor para dominar sus propias creaciones. Descubrir la autonomía de los personajes de un libro es un tipo de emoción poco frecuente y asombrosa. Este tipo de autonomía, que la novela inglesa ejemplifica con abundancia, prueba, por paradójico que parezca, el talento épico del autor. En Svevo, los encuentros entre personajes tienen lugar a pesar del autor. Incluso los encuentros que prepara están tan llenos de sorpresas (por ejemplo, la primera visita de Alfonso a la casa de Annette) que asombran al lector. El talento que tiene Svevo de reunir a sus personajes y dejarlos actuar a su antojo (cualidad tan inusual en la literatura italiana), no ha sido hasta ahora suficientemente señalado. Se ha dicho siempre que era un observador y un psicólogo, que sus novelas son intimistas y analíticas, pero no se ha llamado la atención sobre su épica pura, sobre su talento de contar hechos muy variados y concretos, de construir una historia profunda y rica en aventuras extrañas y situaciones llenas de humor. Obsesionados por su parecido con Proust, los críticos y lectores habían insistido sólo en la técnica analítica de *La coscienza di Zeno*.

Es verdad que en el panorama de la novela italiana contemporánea, Zeno ocupa un lugar aparte debido, precisamente, a lo que se ha llamado, con un término harto impreciso, «análisis» (y que no es más que una potenciación de la atención). Pero si tenemos en cuenta sus tres novelas, los méritos épicos de Svevo superan los méritos meramente «analíticos». El novelista triestino ha introducido en sus novelas personajes, ambientes y situaciones que no habían llamado la atención de los demás.

Uno de los fragmentos que hacen de *Zeno* una obra maestra de la novela moderna, trata precisamente de la historia de una empresa comercial. No se habían vuelto a escribir páginas tan fascinantes sobre las especulaciones bancarias, sobre la inocencia con la que un aficionado como Zeno Cosini y su cuñado Guido se dejan envolver en negocios desastrosos, desde Balzac mismo.

Podemos reconocer con facilidad algunos de los *leitmotivs* de la obra de Svevo. Por ejemplo, la vejez. *Senilitá*, aunque fue escrita cuando el autor era todavía joven, lleva en sí todas las obsesiones de su senectud; la «vejez», entendida no solamente como una edad biológica, sino como un fracaso de la vida. *La coscienza di Zeno*, redactada al final de su vida, es la historia de un viejo. La cuarta novela, de la que Svevo no llegó a escribir más que treinta páginas y que era la continuación de *Zeno*, se llamaba *Il vecchione*. Un largo y delicioso cuento suyo se llamaba *La novella del buen vecchio e della bella fanciulla*. En su obra abundan los hombres envejecidos prematuramente, los hombres acabados, hombres que no han tenido la valentía del amor y que han conocido la «muerte en familia», la muerte de sus padres y sus hermanas. La «familia», en sus novelas, tiene una presencia de un vigor inusual. La familia, ocasión de dramas ocultos, de agonías mediocres, de humor caritativo...

PAPINI, HISTORIADOR DE LA LITERATURA ITALIANA

El destino de Giovanni Papini es bastante extraño. Cuando todo el mundo esperaba su *Adamo* (o *Rapporto sugli uomini*), prometido hace ya tiempo, publicó *Sant' Agostino* y *Gli operai della vigna*, libros que continuaban en cierta medida con la obra de conversión al cristianismo —la suya y la de sus lectores— emprendida hace ocho o nueve años, en 1921, con la *Storia di Cristo*. Parecía haber sido *asimilado* de forma sincera y definitiva a ciertos medios católicos. Colaboraba con revistas religiosas, editaba antologías para uso de los seminaristas, publicaba recopilaciones de escritos místicos, prologaba a poetas católicos, daba conferencias en los círculos tomistas. Pero en 1931 cayó su *Gog* como un rayo en medio de estas piadosas actividades, tan perfectas en apariencia. El indomable Papini retomaba, en un tono más bajo, los temas de su *Diccionario del hombre salvaje* (1923) que, como ya se sabe, no había gustado a las autoridades eclesiásticas. Ciertamente, sustituía el sarcasmo y la fantasía por la invectiva y el panfleto, pero se podía reconocer el mismo odio al mundo moderno, anticristiano, demoníaco, odio ilustrado por la vida estúpida, neurasténica y desesperada del melancólico Gog.

Dos años más tarde, en 1933, nos reservaba una nueva sorpresa cuando, al despreciar su promesa, publicaba *Dante vivo* y otros dos opúsculos, uno llamado *Il sacco dell'orco* y otro consagrado a Ardengo Soffici. *Dante vivo* aportaba una nueva prueba de la creatividad, la cultura y la capacidad de trabajo del incansable Papini. Quizá sea su mejor libro después de *Un uomo finito*, en cualquier caso, el más *acabado*, el más orgánico. Siguió la edición en un solo volumen de algunos panfletos y estudios —*La pietra infernale* (1934) y *Grandezze di Carducci* (1935)— que revelaban una cierta lasitud, por lo menos para el lector no avisado. Un escritor del vigor y la madurez de Papini no debería reunir sus ensayos y sus artículos recientes en una recopilación cuando lleva veinte años prometiendo un *opus magnum*: *Adamo*. Y probablemente no lo habría hecho si el año 1935 no hubiera sido «un anno brutto et penoso per Papini», como escribió Viviani en *Papini aneddotico* (Roma 1937). El año en que su vista, cansada desde hace tiempo, se apagó casi por completo. Los lectores rumanos conocen, por algunos artículos de Alexandra Marcu*, las circunstancias trágicas que ensombrecieron la vida del más erudito de los escritores italianos. Felizmente para él y para Italia, en enero de 1936 se sometió con éxito a una operación muy delicada. Al final del mismo año volvió al trabajo. Y en junio de 1937, apareció otro libro inesperado. El primer tomo de la *Storia della letteratura italiana* (en Vallecchi).

Es difícil decir si, después de tantas sorpresas, veremos por fin aparecer su *Adamo*, este libro asombroso del que tenía escritos, en 1929, alrededor de dos mil páginas (ver el prólogo a *Gli operai della vigna*), y gracias al cual el autor de la *Storia di Cristo* esperaba colocarse al más alto nivel de la literatura universal, al lado de Shakespeare, Dante y Tolstoi. Pero nuevamente lo aplaza, para poder trabajar en su *Historia de la literatura italiana*. Su vuelta a las realidades italianas es por ahora completa y definitiva. Comenzó hace ya tiempo, entre 1910 y 1911, a redescubrir la Toscana, el alma italiana y «la patria». Después de la crisis religiosa que le ha conducido durante varios años por la literatura mística y católica universal, héle de nuevo dedicado en cuerpo y alma a la Toscana, a Italia. Se ha convertido en algo más que un perfecto italiano: en un patriota ferviente. Viviani cita en su libro una conversación casi increíble en la que Papini le confiesa (en vísperas de las sanciones británicas por la guerra de Etiopía) que estaría dispuesto a presentarse como voluntario en el caso de una movilización...

Para los que han seguido su pensamiento y su genio creador después de *Leonardo*, esta afirmación no tiene en realidad nada de inverosímil. Se sobreentiende que un cristiano, un artista que ama sobre todo la ciudad que hace posible la vida civil y la existencia del hombre como tal (porque, fuera de la ciudad, el hombre es una bestia), *luchará* para defenderla, aunque eso esté en contradicción con su profesión de fe pacifista. Sea como fuere, su adhesión al fenómeno italiano contemporáneo es absoluta. Por lo demás, le dedica su *Storia della letteratura italiana* a Benito Mussolini. La joven generación italiana vuelve a Papini, en el que reconoce a su verdadero precursor. Sus libros son reeditados,

* Italianista, traductora y universitaria (1894-1955). [*N. del T.*]

especialmente en la colección de sus *Obras Completas*, empezada por Vellechi en noviembre 1932. Los estudios críticos y las monografías sobre su vida y su obra se multiplican: siete u ocho exclusivamente en estos últimos doce años.

Pocos escritores habrían podido adquirir el compromiso de escribir una historia de la literatura de su país con tantas probabilidades de éxito como Papini. Ha sido y ha seguido siendo hasta hace poco un lector de una curiosidad universal y, además, durante años ha trabajado como historiador de la literatura y editor de los clásicos italianos, cuando estaba dirigiendo las colecciones *Cultura dell'anima* y *Scrittori nostri*. Hasta hace poco seguía ocupándose de antologías de poesía religiosa italiana y de ediciones de San Francisco, Jacopone da Todi y Manzini, entre otros. Sus méritos de editor son enormes, a pesar de lo que haya dicho Croce que, al ser víctima de algunos artículos y panfletos de Papini en 1913, criticó duramente su edición de los poemas de Campanella. Después de veinticinco años de crítica de textos, enamorado de la poesía clásica toscana, autor de un bellísimo libro sobre Dante y de innumerables estudios sobre Jacopone da Todi, Boccaccio, Petrarca, etc., Papini no ha tenido, sin duda, que realizar una labor excesiva para este primer tomo, que trata de la literatura italiana de los siglos XIII y XIV. Si no me equivoco, los únicos escritores sobre los que no había hablado con anterioridad son Guido Cavalcanti, Cecco Angioleri, Dino Compagni y Franco Sacchetti. Sobre todos los demás había escrito ya textos siempre sustanciales, documentados y originales.

«No ha tenido que realizar una labor excesiva» significa simplemente que no se ha visto obligado a realizar prolongadas y eruditas pesquisas para preparar su material, porque llevaba mucho tiempo reflexionando sobre él. Como Dante, al que había rodeado de su atención y amor después de 1910, cuando había acabado *La leggenda di Dante*, y después de haber escrito, pocos años antes, estudios sobre Boccaccio y Petrarca.

Y sin embargo, no repite nada de lo que ha publicado en estos últimos treinta años. Es uno de sus principales méritos. Ofrece un libro nuevo, síntesis de todas sus ideas y de todas sus pasiones. Aunque era difícil decir *algo más* sobre Dante, cuando apenas tres o cuatro años antes le había consagrado un volumen de más de cuatrocientas páginas. Pues bien, Papini ha realizado este milagro. Lo que ha escrito sobre Dante en su *Historia de la literatura* está marcado por el sello de la perfección. No solamente porque realiza un esfuerzo de síntesis poco común para analizar en apenas más de cien páginas toda la obra de su glorioso conciudadano, para esclarecer el sentido de la *Divina Comedia* y realzar el milagro literario que ella constituye; no solamente porque encuentra nuevas claves de bóveda (por ejemplo, su origen en la obsesión de la muerte que torturaba a Dante), sino también por el vigor mental, la seguridad del gusto y la precisión de la expresión que demuestra. Pocos habían amado tanto y comprendido tan bien a Dante. Su *Dante vivo* ya era un testimonio elocuente. Pero podríamos decir que se supera con creces en la *Historia de la literatura*. Sin contradecir su antiguo retrato de Dante, ha creado otro, en el que insiste naturalmente sobre el valor estético de la obra. A la espera de que los lectores rumanos lleguen algún día a apasionarse por *La Divina Comedia* o por la *Vita nuova*, sólo a Papini le vemos capaz de ayudarlo, gracias a su libro…

Por supuesto, también aquí reencontramos su método, por lo menos en parte: interpretar simbólicamente los nombres y las fechas de nacimiento, precisar las similitudes entre las épocas, los reyes, los papas, los escritores, instituir correspondencias entre el Cosmos, la historia, el arte… Se trata de una antigua costumbre, que se remonta a su primera juventud y a sus aventuras «mágicas», pero que no afecta en absoluto a su obra. Un retrato gana en vida y un juicio parece más pertinente cuando están sostenidos por una analogía o esclarecidos por la interpretación de un símbolo.

No es de nuestra competencia aclarar los méritos objetivos de esta nueva historia de la literatura italiana. Digamos solamente que Papini a menudo se sitúa a contrapié de la opinión general y argumenta sus tesis con precisión, sin caer en la divagación erudita. Por ejemplo, en contra de la opinión admitida, ve en el célebre soneto de Guido Cavalcanti, *Perch'i non spero di tornar giammai…*, una obra de juventud y no un poema escrito bajo la influencia de la muerte. Piensa igualmente que el verdadero valor literario de Cavalcanti se afirma en los sonetos «optimistas», que cantan la primavera y la naturaleza, y no en los sonetos en que aparece «sdegnoso e solitario». Todo lo que escribe sobre Cecco Angioleri discrepa del veredicto dado hace ya ochenta años por la historia literaria. No se muestra menos original en la exégesis dantesca, incluso cuando se trata de cuestiones ya analizadas por otros (como la influencia de Joaquín de Fiore sobre Dante).

Pero el valor capital de su *Historia de la literatura* no reside evidentemente en este género de «descubrimientos», grandes o pequeños. Cada año se editan al menos una media docena de libros que pasan revista a los descubrimientos en materia de historia literaria. Papini ha intentado y ha logrado algo incontestablemente más valioso y grandioso: una historia de la literatura italiana escrita según concepciones y técnicas nuevas. Al ser él mismo escritor —es decir «de la casa», como nos dice en su prefacio— piensa que tiene más derechos para componer una historia de su arte que cualquier pedante o filósofo que juzgan el fenómeno literario según sus idiosincrasias historiográficas o estetizantes. No intentamos aquí determinar las circunstancias en las que un buen escritor pueda llegar a ser un buen crítico literario o un historiador literario objetivo. En cualquier caso, no sería algo impensable. Si un buen escritor puede ser un buen matemático o un perfecto erudito al mismo tiempo, también puede llegar a ser un eminente historiador de la literatura. Los juicios injustos o exagerados emitidos por los grandes escritores sobre sus colegas no prueban casi nada: podemos encontrar errores no menos importantes entre los críticos célebres. Thackeray, cuyo gusto era muy seguro y que ha escrito páginas memorables sobre la literatura inglesa, ha acusado a un genio como Lawrence Sterne de «latent corruption» y de «impure presence»; y no porque Thackeray era un escritor, sino porque el error es humano. Taine hizo lo mismo al dedicarle sólo unas cuantas páginas a Sterne de las tres mil con las que cuenta su *Historia de la literatura inglesa*, una obra excelente, por otra parte.

Si por azar eres un gran escritor, nada te puede impedir en principio llegar a ser un gran historiador de la literatura. Papini espera ser uno de ellos. No solamente porque su capacidad de trabajo no se ve superada más que por la de un gigante como Arturo Farinelli, sino porque se sabe investido con un don mucho más precioso: el gusto literario. Así, una de las innovaciones de su *Historia de la literatura italiana* consiste en la exclusión de los autores que no han sido escritores más que gracias al azar (como Vico, Botta, Ghiberti) y todos los que carecen de cualquier valor literario personal y cuyo lugar está en una historia de la cultura por su contribución a la difusión de los valores creados por los artistas auténticos.

El esfuerzo de objetividad de Papini es impresionante. El valor estrictamente literario de un autor se impone sobre todos los demás. Tomemos el ejemplo de Jacopone da Todi. En un artículo de 1923, reeditado en *Gli operai della vigna*, Papini sentía una total adhesión hacia la obra poética y mística de este frenético franciscano, que hacía del odio contra el mundo y la vida la actitud normal de un «perfecto cristiano» (Papini se había convertido poco antes). Porque el que ha elegido el Cielo, ¿podría acaso dejarse engañar por los valores de aquí abajo? Pero en su *Historia de la literatura italiana* tempera su juicio. Jacopone continúa siendo un escritor vigoroso (aunque un místico sin valor y un teólogo mediocre), pero ya no le perdona su odio pavoroso a los hombres, a la ciudad y a la vida. Lo considera incluso anticristiano, porque es egoísta y va en contra del valor fundamental del mensaje cristiano: la vida. De esta manera, se centra sobre el valor literario de la poesía de Jacopone da Todi, distinguiendo entre el tumulto de la inspiración frenética y la perfección artística.

Escrito en una lengua perfecta, rigurosa y rica, la *Storia della letteratura italiana* es, sin duda, uno de los grandes libros de este siglo. El Papini que aparece aquí ya no es el escritor erudito, extravagante o batallador de 1912 o de 1922. Ya no le atrae la paradoja, ya no intenta persuadir, ni inquietar, menos aún exasperar. Es un libro pensado, concebido y escrito no en frío, sino en las más altas altitudes, allí donde la tensión ya no es ni descontrolada ni frenética. Giovanni Papini la ha puesto al servicio exclusivo de los verdaderos creadores de la literatura italiana, enseñando a los lectores lo que significa un genio y cómo debe asimilarse una obra maestra. Que también haya pensado en él al escribirla, de eso no hay ninguna duda. Pero se trata realmente de la obra de un gran maestro...

UNA NUEVA VIDA DE «GIANFALCO»

Es notorio que Gianfalco era el seudónimo de Giovanni Papini en *Leonardo*, la revista de sus inicios. Y Alberto Viviani acaba de publicar una extensa biografía bajo este título, *Gianfalco* (Barbera, Firenze). No se trata del primer libro publicado en Italia sobre este prodigioso escritor, iniciador de varias corrientes de renovación espiritual y autor de los libros más extraños del principio de este siglo. Giovanni Prezzolini, su amigo y camarada de juventud, «Giuliano» cuando estaba en *Leonardo*, le ha consagrado un estudio muy penetrante y bastante objetivo, *Discorso su Giovanni Papini*[1], seguido por Renato Fondi, *Un costruttore: Papini*[2], Enzo Palmieri. *Giovanni Papini*[3], por Lazarillo, Nicola Mascardelli y otros.

El estudio de Prezzolini es sin duda el más interesante y el de Palmieri el más metódico. Pero el *Gianfalco* de Viviani tiene el mérito de contar muchos detalles de la infancia, adolescencia, la formación intelectual y las primeras batallas de Papini. Aunque excesivamente apologético, este libro procurará a todos los admiradores de Papini unas cuantas horas de emociones y revisiones. Todos los que tuvieron *Un hombre acabado* por el libro de cabecera de su adolescencia, todos los que han amado sin reservas a Papini —con sus cambios, sus excesos, sus bufonerías y sus debilidades— encontrarán en esta nueva biografía una cosecha de revelaciones. Confieso haber leído treinta volúmenes de Papini, al menos tres veces cada uno (y lo confieso sabiendo que algunos imbéciles y cretinos de primera fila me acusarán de «papinismo»). Sigo amando a Papini *integralmente*, tal como es. No creo que se le pudiera

1. Firenze, 1915.
2. Vallecchi, Firenze, 1922.
3. Vallecchi, Firenze, 1927.

hacer a un escritor un mayor elogio que confesar que se le ama integralmente, aunque estén separados por las ideas, el temperamento, los criterios religiosos y morales. Detrás de estos treinta volúmenes hay un hombre terriblemente vivo y entero. Los miles de libros que ha leído no lo han cambiado. Las ideas que ha defendido y abandonado no lo han esterilizado. La enorme obra que ha escrito no lo ha fijado, ni detenido o entregado a la historia inerte. Nadie durante este siglo, ni siquiera André Gide, ha sufrido tantas experiencias, ni combatido sobre tantos frentes. Además, mientras que Gide nunca ha podido renunciar a su concepción de «una gratuidad» mal entendida, Papini se consagraba totalmente a lo que hacía en cada momento. Amaba y odiaba con todo su ser, lo que prueba una vitalidad y una densidad espiritual fuera de lo común. En nuestra época, en la que toda una clase de gente practica el compromiso por miedo a comprometerse, el ejemplo de Papini debería ser objeto de meditación. Es un hombre que no se avergüenza de sus errores, prueba de genio, si todavía hacía falta alguna. Sólo los mediocres y los impotentes se cuidan de la estricta coherencia de sus pensamientos y están obsesionados por el miedo a equivocarse. Papini se ha equivocado, se ha contradicho y comprometido con rabia. Y sin embargo, su obra nos trasmite más que cualquier otra «obra» perfectamente acabada, trabajada, correcta desde el prefacio hasta el índice.

Admiro en Papini la valentía de bromear sobre los temas más serios y de mostrarse serio con las fruslerías. Comportamiento de farsante, ridículo y estéril en cualquier otro hombre. Pero Papini no era un cualquiera. Su inteligencia está al alcance de muy pocos y su gigantesca cultura no se improvisa en un café. Pero si ha actuado así, ha sido únicamente para comprometerse. Ha hecho todo lo que ha estado en su mano para comprometerse de forma irremisible y a todos los niveles. Cuando siente que el público empieza a amarle, enseguida escribe un texto a contracorriente del gusto general. Ha publicado cuentos fantásticos para contrariar su gloria de joven y genial pensador italiano. Ha sacado a la luz poemas, a sabiendas de que los lectores preferían al polemista que hay en él. Ha adoptado una escritura deslucida y difícil para abordar temas graves, porque se admiraba demasiado la simplicidad y el sarcasmo de su estilo. Cuando Italia se ha hecho nacionalista (robándole sin miramientos sus ideas y sus gestos), Papini se ha hecho católico *à outrance*. Después de los acordes de Letrán, cuando todo el mundo esperaba de él una vida de la Virgen, publicó *Gog*. Siempre ha ido por delante y su país por detrás.

No ha sacado provecho de ninguna de sus campañas, sino al contrario, como aquella que lanzó a favor de la virilidad, la italianidad y la valentía, en la que podemos encontrar los gérmenes del fascismo y de la mística mussoliniana. Siempre han sido otros los que han acabado lo que él había comenzado y recogido los laureles que le estaban destinados.

Al público le gusta que sigas durante toda la vida fiel a una sola idea o un solo «género». Papini, al contrario, ha experimentado todas las ideas, todos los furores, todos los sentimientos y todos los «géneros». Siempre ha cogido a sus lectores a contrapié. En el apogeo de su actividad ha publicado *Un hombre acabado*. Y hoy, cuando todo el mundo le creía ya «acabado», prepara la edición de sus obras completas en veinticuatro tomos compactos y corrige el manuscrito de su obra maestra, *Adamo*, que tendrá cuatro volúmenes de quinientas páginas cada uno.

Tiene más de cincuenta años y todavía nos reserva muchas sorpresas. No ha llegado a ser célebre porque no lo ha querido. Su único error ha sido amar Italia con tanta pasión que ha tenido que fustigarla para despertarla, que la ha insultado para insuflarle vigor; ha dedicado su espantosa energía para demostrar que al lado de una Italia de museos y ruinas era posible una Italia llena de vida y original. Si, en lugar de amar frenéticamente su país, hubiera gritado «Viva Italia» y «Muerte a los comunistas», hoy en día sería ministro. Pero ha preferido insuflar un poco de vida e inteligencia en un país que estaba abotargado y embrutecido.

Viviani nos recuerda todas las polémicas, los amores y las obras de Papini. Tiene el mérito de reproducir un gran número de párrafos importantes que nos ayudan a reconstruir su carrera y nos incitan a releer su obra. Pretender, como hacen algunos imbéciles, que ella «no resiste» es una pura idiotez. Ninguna otra obra resistirá en toda su amplitud como la de Papini. Hay que leerla entera, sin prescindir de lo que no nos guste. Algunos escritores dejan dos o tres libros, sus «obras maestras». Papini no escribe obras maestras. Él está en cada una de sus páginas. Si leemos solamente una parte, nos arriesgamos a no comprender nada y a creer que este genio sin igual es un simple «letrado».

Vallecchi edita ahora las obras completas de Giovanni Papini en una colección bella y barata. He aquí una lectura que recomiendo más que ninguna otra a los jóvenes. En ningún otro lugar se puede ver con mayor claridad que una o cien páginas pueden traicionar a un escritor escondiendo su vida, pero que diez mil páginas matan al «escritor» para no dejar más que la vida.

(1934)

D'ANNUNZIO DESCONOCIDO

Incluso cuando Gabriele D'Annunzio vivía, se decía que había forjado una «biografía» mucho más interesante y rica que su obra literaria. El prodigioso Gabriele ha llevado, en efecto, una vida digna de un héroe del Renacimiento. Hijo de don Francesco Paolo D'Annunzio, modesto propietario de Pescara, el futuro príncipe de Montenevoso, ha vivido en las más suntuosas villas y ha muerto en una verdadera *domus aurea*, en Vittoriale. No contento con desperdiciar las tres cuartas partes de su vida en aventuras galantes, heroicas o políticas, en un lujo extravagante, ha elevado la lujuria, la prodigalidad y la valentía al rango de «estilo». Lo sabíamos desde hace mucho tiempo, a veces bajo el disfraz de la leyenda, pero ahora lo podemos corroborar gracias a una «biografía escandalosa» publicada por Tom Antongini, *D'Annunzio desconocido* (Stock, 1938).

Este libro, empezado en 1930, fue entregado en 1933 a la editorial Stock que, de común acuerdo con el autor, decidió publicarlo después de la muerte de D'Annunzio. «La exactitud minuciosa en la reconstrucción de una vida privada, apunta el editor, no puede ser perdonada más que por la Historia que, en compensación, es la única capaz de imponer a la posteridad la grandeza de un destino extraordinario». En efecto, pues, este libro reconstruye la vida privada de D'Annunzio con una minuciosidad de la que la biografía de un gran escritor no llega a beneficiarse antes de que haya pasado, al menos, una generación desde su muerte.

Tom Antongini ha sido durante más de tres décadas el secretario particular de D'Annunzio. Durante este largo lapso de tiempo, ha vivido permanentemente en su compañía, ha recibido más de setecientas cartas de él y ha conservado cuidadosamente innumerables notas: observaciones, conversaciones, opiniones, chanzas, etc. El ojo y el oído de este secretario emprendedor estaban al servicio de una memoria infalible. Desde las primeras páginas el lector se entera de que D'Annunzio pesaba ochenta kilos y medía un metro sesenta, su circunferencia torácica era de noventa centímetros y su circunferencia craneal de cincuenta y cuatro. Y en la misma página siguen detalles anatómicos y fisiológicos de una precisión médica. «Su cuerpo era perfectamente proporcionado, musculoso y bien formado. Su hombro derecho era sensiblemente más bajo que el izquierdo... La piel de su cuerpo, lisa y blanca, de una blancura de cera. Ninguna cicatriz, ningún signo particular. Tenía el tobillo y la rodilla finas, la pierna nerviosa, el pie muy pequeño, la talla fina». Todo ello, apunta Antongini, cuando D'Annunzio tenía sesenta años.

Miles de otros detalles harán las delicias de los dannunziólatros de todo el mundo. Antongini ama y admira a su maestro, pero su veneración no altera la precisión casi quirúrgica de sus observaciones. Sabemos que se han escrito innumerables libros y miles de artículos sobre la vida y la obra de D'Annunzio cuando éste estaba en la flor de la vida. Quizá sea el escritor italiano que más trabajo ha proporcionado a los periodistas, panfletarios y columnistas. Por sus escritos que, ciertamente, gozaban de un éxito de crítica y de librería raramente igualados, pero mucho más por sus aventuras galantes, por su lujuria.

Enseguida se forjó un mito de proporciones demoníacas en torno a la vida y las locuras de D'Annunzio. Anécdotas, fábulas, calumnias le persiguieron por doquier. Antongini consagra un picante capítulo a su leyenda, «compañero inseparable» del poeta durante toda su vida. Incluso su nacimiento se transforma pronto en mito. En 1882, cuando la gloria de Gabriele empezaba a despuntar, su amigo Eduardo Scarfoglio escribía: «Este hijo de la mar, nacido a bordo de *Irene*, durante una travesía de Trieste a Pescara...». Un poeta del Adriático no podía nacer como todo el mundo. La leyenda fue aceptada incluso por los biógrafos, y la encontramos ahora en las grandes enciclopedias. D'Annunzio mismo la confirmó. En una entrevista concedida en 1893 a Amadeo Pigeon, para *La Revista Hebdomadaria*, declaraba: «He nacido a bordo del bergantín Irene, en las aguas...». Y más abajo: «Sobre este mar Adriático, donde nací...».

Si muchos creyeron en este nacimiento rico en significados ocultos, otros por el contrario pecaron de incrédulos. Pensando que este D'Annunzio (demasiado glorioso, demasiado sugerente) no podía ser más que un seudónimo, se pusieron a buscar su verdadero nombre. Y terminaron por encontrarlo. ¡El poeta se llamaba Gabriele Rapaguetta! En el Larousse en dos volúmenes de 1922 podemos leer: «*Annunzio* (Gabriel Rapaguetta, llamado d'), literato italiano nacido en Pescara...».

Siempre cuidadoso con los documentos, Antongini no olvida de reproducir el acta de nacimiento del poeta – en la que vemos que nació en Pescara y que se apellidaba realmente D'Annunzio.

No hay nada más apropiado para conocer la vida real de un escritor que ha pasado tan pronto a la leyenda, que una biografía de este género. Descubrimos que el infatigable don Juan tenía una dentición imperfecta, que utilizaba medio litro de agua de Colonia por día y un bote de perfume cada cuatro o cinco días. O que el héroe de la Gran Guerra, el conquistador de Fiume, se resfriaba fácilmente y estornudaba lagrimeando. Antongini persigue el mito hasta sus últimos vericuetos y lo desmitifica con una alegría, diríamos, sádica. En lugar de un D'Annunzio de escaparate o de museo, desvela la prodigiosa vida real del poeta.

Lo más asombroso es que este D'Annunzio desconocido supera con creces la imaginación y justifica leyendas mucho más maravillosas. No hace falta maquillarle la vida, dice Antongini. En efecto, ¿por qué contar que practicaba el satanismo, cuando sus diversiones amorosas y su valentía eran realmente luciféricos? ¿Por qué inventarle vicios, cuando rebosaba de ellos? ¿Por qué acusarle de usura, cuando sus editores le pagaban generosamente y después de la guerra recibía veinte mil francos por artículo?

El libro de Antongini nos enseña muchas cosas sobre el poeta, sobre el creador e incluso más sobre el hombre. No creo que haya habido entre sus contemporáneos otro gran escritor europeo tan interesante como hombre. No solamente desde el ángulo «maravilloso» de su vida (sus cien trajes, sus trescientas camisas de seda, sus trescientas camisas almidonadas, sus cincuenta gorros, sus doscientos pares de calzado, sus trescientos pares de calcetines, sus cincuenta *combinaisons* de seda *mauve* o *bleu clair*, sus cincuenta pijamas, sus cincuenta *robes de chambre*, sus quinientas corbatas, etc.). Sino también y sobre todo por la calidad de su vida, por sus dotes extraordinarias de seductor, conquistador, héroe *condottiere*. El poeta nacido en una modesta casa de Pescara no ha aceptado nunca el cosmos del hombre del siglo XIX, así como tampoco su forma de vivir, su moral. Decir que veía la vida con los ojos de un personaje del Renacimiento no significaría gran cosa; Walter Pater y también otros lo habían hecho antes que él. Pero D'Annunzio ha logrado «vivir» una vida vasta y soberbia, tan irresponsable como generosa, heroica. No era precisamente lo que llamamos un reprimido. Su obra no está marcada por deseos no saciados, por la pasión de un ideal inalcanzable. Es una obra «según la naturaleza»; la creación refleja una parte de la luz y la emoción vivida.

El libro de Antongini me ha hecho comprender la frialdad artificial de las novelas de D'Annunzio, de las que muchas son ilegibles, como por ejemplo el *Trionfo della morte*. Parecen escritas con la ceniza dejada por experiencias irremediablemente pasadas. Nada vivo hay en ellas. Ninguna reserva, ningún arrepentimiento, ningún acto fallido. Como el gran arte —y el gran sufrimiento— de D'Annunzio pertenece a la sensibilidad (en su acepción primera, física de la palabra) y se explica enteramente por ella, era obvio que nada podía quedar de sus combustiones, excepto algunas imágenes, algunas formas, algunos colores. A pesar de su devorador fuego interior que le hacía irresistible, a pesar de su frenesí, este hombre escribía «en frío». Los grandes incendios de sus libros no son más que deslumbrantes fuegos artificiales. Al ser más auténtico viviendo sus novelas que escribiéndolas, era demasiado poeta para elevar su prosa a la altura de su vida y de su lema: *Me ne frego* [no me importa]. Después de esta «biografía escandalosa», he intentado leer *Forse che si, forse che no*. Imposible acabar ese libro «diabólico» y artificial. Las escenas se me antojaban de una crueldad insoportable, porque conocía algunos elementos del drama real que había inspirado la novela.

Pero lo más extraño es que D'Annunzio, tan solemne y casi elitista en sus escritos, era muy sencillo en la vida diaria. Al contrario, Eleonora Duse —a la que Antongini le dedica un delicioso capítulo— era demasiado artificial en su presencia, al mismo tiempo que, según cuentan, era la mujer más sencilla y accesible para los demás. Los libros que escribía D'Annunzio y las mujeres que amaba se «transfiguraban». Por otra parte, tenía por costumbre cambiar los nombres de todas las mujeres que conocía; su obsesión por un modelo (diosa, ninfa, heroína, personaje) quizá explique la pesada afectación de sus novelas.

Antongini aporta importantes contribuciones para el estudio de varios sectores de la vida artística y civil de la Italia moderna. Por ejemplo, la piadosa leyenda de una Eleonora Duse martirizada por su célebre amante e insultada en *Il fuoco*, esta leyenda que ha levantado a cientos de miles de mujeres contra D'Annunzio, no tiene ningún fundamento. Comenzó a escribir *Il fuoco* antes de su romántico amor por la gran artista de tragedias y nunca llegó a insultarla. Al contrario, Antongini cita algunos párrafos significativos que nos dan a entender que D'Annunzio cargaba con todas las faltas. El biógrafo nos retrata, por otra parte, una Duse excesiva, de trato imposible. Nos cuenta, entre otras escenas, una ocurrida durante las repeticiones de *Francesca da Rimini*. Al observar que en el acto III, la alusión a las golondrinas, aunque muy poética, podía resultar inapropiada durante la representación, el escritor Ettore Moschino y Antongini le aconsejan al autor suprimirla. D'Annunzio estaba de acuerdo, ¡pero no la Duse! «Ella se volvió hacia el poeta y, envuelta en una bata del siglo XIV (que llevaba incluso en casa, como homenaje a la tragedia), con la actitud y los gestos de una Niobe asistiendo a la masacre de su prole, repitió varias veces con una voz lamentable, horriblemente teatral: '¡Gabriel! ¡Deja mis golondrinas... mis pobres golondrinas! Quiero mis golondrinas'. La escena era tan ridícula e inapropiada que Moschino se puso a hojear un álbum y yo a mirar por la ventana».

Las contribuciones de Antongini a la historia diplomática secreta del episodio de Fiume son igualmente importantes. Pero, a pesar de todo, las informaciones más importantes son las que tienen que ver con la prodigiosa vida privada del poeta, en combustión permanente. Si no hubiera «vivido» con tanta intensidad, dice Antongini, habría escrito cien libros, no cuarenta. Sin embargo, su obra es tan considerable que se puede comparar, por su extensión, variedad y soplo poético, a la de Victor Hugo. Antongini dedica un capítulo entero a la descripción detallada de la manera de crear de D'Annunzio, capítulo de un gran interés para los críticos, los escritores y los historiadores de la literatura.

Durante una conversación, D'Annunzio le confiesa un día a su interlocutor que nunca había sido feliz. Como tan a menudo había mistificado sus «confesiones», pensaba que se trataba de otra contraverdad. Antongini publicó un manuscrito autógrafo que llamó «confesión de un desconocido» y que le permite al lector aprender en qué consistía la seducción de D'Annunzio. El desconocido le visitó una sola vez en La Capponcina, su villa cercana a Florencia. «Apenas comenzamos a hablar, me di cuenta de que mi voluntad había dejado de existir, impelida como estaba a actuar o sufrir lo que a D'Annunzio le placiese. Se diría que su voz aniquila la voluntad con una fuerza desconocida... Hay algo tan profundamente sincero y humano en el ardor suplicante de este hombre, que sabe implorar el amor con la intensidad con la que un hombre muriendo de sed suplicaría por una gota de agua en el desierto, y que solamente una criatura de mármol podría resistir, e incluso así...».

Reproduzco este pasaje porque lo encuentro revelador de toda la vida de Gabriele D'Annunzio y también de su arte. Un arte fundado sobre la palabra, la magia sonora, las virtudes de las sílabas. Y pienso que la confesión mencionada anteriormente —que nunca había sido feliz— podría ser sincera a pesar de todo. Explicaría no sólo por qué el poeta se destruía sin descanso en su carrera hacia la felicidad —que buscaba exclusivamente en el mundo de los sentidos—, sino también por qué la conseguía con tanta facilidad para perderla un instante después.

D'ANNUNZIO PÓSTUMO

La obra demasiado extensa de Gabriele D'Annunzio se ha enriquecido con un nuevo libro, *Solus ad solam*. Publicado el 25 de marzo de 1939 por Sansoni, con una introducción de Yolanda de Blasi, contiene innumerables cartas y páginas inéditas. Sin duda muchos volúmenes como éste verán la luz en los próximos años, ahora que la obra del poeta está a disposición de los investigadores y tantos fragmentos de cartas y artículos aguardan a ser editados. Pero *Solus ad solam* no se parece a ninguna de las probables obras póstumas. Porque se trata de un *libro* escrito hace treinta y un años y que ha seguido inédito debido a su carácter íntimo, a pesar de que D'Annunzio le haya pedido permiso a la «heroína» del texto para su publicación, en 1918 y en varias ocasiones después (véase la Introducción).

Solus ad solam es el diario del poeta desde el 8 septiembre hasta el 5 de octubre de 1908. «He escrito para ver con claridad en mí y a mi alrededor». Así empieza este cuaderno, cuyo título le pertenece al autor mismo. Es la patética y por lo tanto sincera, auténtica historia de todos los desgarramientos que acabaron con una de sus mayores pasiones. Un gran amor empieza a morir a partir del 8 de septiembre. D'Annunzio, que no esperaba una ruptura tan rápida (por lo menos eso es lo que confiesa), redacta su diario como una larga carta destinada a su amada, a la que se dirige directamente en muchas páginas: «tú», «¿te acuerdas?», «¿qué haces en este momento?»... Y en efecto, apunta Yolanda de Blasi, este cuaderno fue leído por «Amaranta» años más tarde; por otra parte, el autor se lo confía en 1915, cuando se marcha a la guerra.

Los dannunzianos habían oído hablar de este diario-novela hace ya mucho tiempo, pero el gran público se ha enterado de su existencia por una indiscreción de Antongini en su *D'Annunzio desconocido*, al anunciar un inédito sensacional. «La audacia de este texto manuscrito no permitiría de momento más que una edición no comercial», escribe en el capítulo «Los grandes amores del poeta», en el que afirma que D'Annunzio había recopilado en un cuaderno muchas de sus cartas a «Amaranta». Pero un buen día, en el año 1913, en Arcachon, el poeta les propuso a Antongini y a Treves, un editor, que lo leyesen. «Después de degustar unas cuantas páginas, [Treves] se volvió hacia mí con esa expresión de malicia que era habitual en él y que le daba un aire de viejo orangután, y declaró: 'Me siento rejuvenecido... ¿Y tú?'. Es verdad que el texto le podía hacer una seria competencia al doctor Voronoff».

Estas cartas licenciosas, si realmente han existido, no han sido recogidas en *Solus ad solam*. Hay muchas cartas a «Amaranta», escritas antes y después del epílogo del drama, que no se diferencian del resto del texto. El editor las ha seleccionado de tal forma que, junto con las cartas para el doctor Nesti, completan la historia y confirman algunas afirmaciones del diario. En cuanto a la indiscreción de Antongini antes mencionada, confieso que la encuentro al menos sospechosa. Porque estas cartas apasionadas, que pretende que D'Annunzio guardaba y recopilaba en un cuaderno, fueron quemadas por «Amaranta», «sacrilegio» al que asistió también el doctor Nesti. Las páginas 101-102 describen con precisión la destrucción de dos fajos de cartas de amor. Es emocionante el doble dolor de D'Annunzio al narrar este episodio. Sufre como amante, pero también sufre como escritor: «¡Mis cartas de amor que ella me juraba que quería más que a su vida, sólo una semana antes!». Y unos minutos más tarde, «Amaranta» cogió otro fajo, «el más pesado» —de unas cincuenta cartas— y lo tiró igualmente al fuego. «¡Amaranta ha tirado y ha quemado un miembro viviente de mi alma, ha destruido lo que, apenas unos días antes, era su orgullo y su gloria!». Después, en la misma página, meditando sobre el sacrilegio, D'Annunzio exclama: «¡Crimen increíble contra el alma y contra la sangre!».

Los lectores de *Forse che sí, forse che no* se acuerdan del final trágico de la heroína, Isabella Inghirani, victima repentina de una extraña locura. Los detalles de esta novela, una de las más exasperantes y artificiales de D'Annunzio, son absolutamente reales. *Solus ad solam* empieza con la espantosa historia de la locura de «Amaranta». Ninguna de las escenas de la novela falta en su diario. Por ejemplo, la extraña aventura de la heroína, llevada por dos pretendidos agentes en un carruaje durante horas; su llegada a la casa de campo en la que D'Annunzio recibía a su amante y el comportamiento brutal de los «agentes»; el paso por un café de la periferia, donde «Amaranta» bebió en un vaso sucio zumo de naranja...

Forse che sí, forse che no es, sin duda, una de las novelas más auténticas de D'Annunzio, pero eso no le impide ser también una de las más artificiales, ilegible para un joven acostumbrado a la prosa moderna. Los dannunzianos se han dado cuenta de ello y lo han confesado. A pesar de estar dispuestos a defender algunos dramas y cada verso de la enorme producción poética de su ídolo, no han escatimado las objeciones cuando se trataba de sus novelas. Su carácter artificial, libresco, elitista, ha alimentado otra leyenda, difundida por los adversarios de D'Annunzio, que consideraban toda su obra decadente, desprovista de sinceridad, de inspiración y de originalidad, formada únicamente por pastiches, influencias y frases sacadas de los clásicos italianos, en una palabra, la obra de un gramático o un diletante, no de un creador.

Solus ad solam se ha publicado para deshacer este mito y demostrar que la prosa de D'Annunzio no siempre es artificial, preciosista y erudita, que también puede ser sincera, auténtica. Según la editorial, es la coronación perfecta de la obra tan extensa de su autor, gracias a su novedad y carácter excepcional de prosa escrita *sur le vif*, donde el artista deja sitio al hombre, donde «la mítica autoidealización más allá del bien y del mal», sigue Yolanda de Blasi, es olvidada y remplazada por el dolor y la soledad. El lector hastiado de la atmósfera barroca, de la lujuria y retórica de sus otras novelas, podrá descubrir en este libro póstumo una voz que «revela al *hombre* que ama y sufre».

Sin duda, *Solus ad solam* se distingue de la prosa a la que nos tenía acostumbrados D'Annunzio, lo que no puede más que aumentar su interés. No se trata únicamente de un libro póstumo. Es un libro *nuevo*, que no se parece a ninguno de los que fueron publicados durante su vida. Había escrito varios volúmenes de prosa íntima, diarios y fragmentos de diario (entre los que están *Le faville del maglio*, dos tomos gruesos, y *Cento e cento e cento e cento pagine del Libro segreto di Gabriele D'Annunzio tentato di morire*), que no dejaban ver más que al artista consciente de escribir para su inmediata publicación. Fue sobre todo el *Libro segreto*, que pretendía ser un diario íntimo, el que más decepcionó a los amantes de la prosa sincera, nerviosa, auténtica, que se espera de un diario, como el de los Goncourt, de Amiel, de Barbellion, de Jules Renard. En D'Annunzio, se trataba más bien de unos cuadernos de trabajo, siempre escritos con un énfasis elitista y un arte laborioso. En cambio, su diario del otoño de 1908 es sin duda más sincero, en el sentido de que es más verídico, más convincente que sus otras confesiones.

Lo que no significa que no reencontremos sus sonoridades, sus admirables descripciones llenas de melancolía (uno de los pocos sentimientos convincentes de su abundante producción novelesca). «¡Melancolía, melancolía, ardiente y viril, hermana de la fecunda voluptuosidad!», exclama en *Solus ad solam*. Las páginas de este diario no siempre nos relatan hechos cotidianos. Los recuerdos, los fragmentos retrospectivos abundan. También podemos leer algunas cartas, una de ellas destinada a la poetisa checa Maria V... realmente sensacional. D'Annunzio había recibido la visita de su traductora y admiradora en el momento más dramático de su crisis. Lo que no le impidió —es verdad que solamente por algunos momentos— cubrirla de miradas tan lujuriosas que inquietaron a la joven mujer (pocos días antes, aunque ardiendo de amor por «Amaranta», no pudo rechazar el don que una ilustre compatriota le había hecho de sí misma; ¡y lo cuenta en el cuaderno que tenía que devolver a su amada, de la que se separó tan trágicamente!). Al volver a su hotel florentino, Maria V... le hizo unos cuantos ligeros reproches al glorioso poeta, a los que él respondió también con unas cuantas páginas. Las dos cartas están reproducidas en *Solus ad solam*. D'Annunzio se defiende contra la acusación de egoísmo. Cuenta cómo cuidó noche y día, durante dos años, en *La Capponcina*, a una amiga gravemente enferma; añade que, una vez curada, su amiga se volvió morfinómana, porque no le amaba lo suficiente como para vencer su vicio, mientras que su amor por ella ¡había vencido a la muerte! Para terminar, le hizo una confesión realmente sensacional: «No es verdad, no es verdad, querida hermana [María V...] que he roto corazones fieles, que he hecho correr sangre y lágrimas bajo mis pies ligeros. En todos mis amores el que más ha dado he sido yo, el que más ha entregado tanto para bien como para mal».

La historia del trágico otoño de 1908 nos enseña hasta qué punto este gran «egoísta» podía entregarse sinceramente. Es cierto, no podía dar más de lo que tenía: el amor, la gloria, el fasto. Si «Amaranta», después de haber compartido su amor durante dos años, se vio de repente presa de una extraña locura, volvió a la «moral burguesa» y maldijo a su ídolo, la culpa no es de D'Annunzio, él no es responsable en absoluto de este drama. Sus detractores pretenden que habría podido acelerar el divorcio de su amada y desposarla enseguida. Pero si se entregaba con tanta pasión e insistencia, su generosidad sin embargo era la de un artista: invitaba a su amiga a trasladarse a su villa, *La Capponcina* (como lo habían hecho muchas otras mujeres antes y después de 1908); pero su valentía no iba más lejos.

Podemos ver sus «virtudes» —la inmoralidad, la valentía, la fuerza— persiguiéndole a lo largo de las frenéticas, melancólicas y desgarradoras páginas de su diario. «¿Quién me devolverá la admirable fuerza salvaje a la que debo todas mis victorias? El amor y la piedad me han ablandado. La fuerza ya no está en mí, está fuera de mí, en otro ser; estoy a merced de los acontecimientos. Ya no poseo, sino que estoy poseído. *Habere non haberi*. He aquí que la sentencia de mi juventud ya no tiene ningún valor para mí». Y unos días más tarde: «¿Por qué no tirar lejos de mí el cadáver, *el peso muerto*, y buscar en otro lugar mi fuerza y mi placer? ¿Por qué obstinarse? ¿Qué es lo que estoy esperando del otro?». Son sus famosas exhortaciones a la amoralidad heroica (*vivere pericolosamente*). Para que después, el 5 de octubre, deje apuntado en su cuaderno sólo la fecha sin añadir nada más. Así termina su diario. Reencontramos a «Amaranta» en algunas cartas que le envía durante los siguientes años. Cartas llenas de melancolía, de nostalgia y de un gran amor «fraternal», porque en Arcachon le devora otra gran pasión. Pero continúa escribiéndole cada ocho o nueve años. El 7 de noviembre de 1924, la invita a Vittoriale. El 11 de febrero de 1938, un mes antes de su muerte, se acuerda no sin nostalgia de que esta fecha representa para ellos un aniversario («Amaranta» se le había entregado el 11 de febrero de 1908) y le escribe: «¡Oh, dulces y desgarradores recuerdos!... Ese día fue mi última alegría. Gabri»).

Estas palabras con las que termina *Solus ad solam* arrojan quizá una nueva luz sobre el corazón de Gabriele D'Annunzio y transforman este diario íntimo en un gran y apasionante libro de amor...

A PROPÓSITO DE GOBINEAU

Ignoro por qué la *Nouvelle Revue Française* ha dedicado su último número (febrero de 1934) al conde de Gobineau. No puede ser una conmemoración. Nacido en 1816, murió en 1882, y su obra capital, *Ensayo sobre la desigualdad de las razas humanas*, vio la luz entre 1853 y 1855. Sin embargo, por una de aquellas coincidencias que hacen entretenida la historia, este número de la *NRF* aparece pocos días después de *La Pensée chinoise*, el libro publicado por Marcel Granet en «Evolución de la humanidad», la colección de Henri Berr. Por eso he cogido el *Ensayo* de Gobineau de su anaquel y he buscado en él todos los pasajes sobre China y la civilización china. Voy a reproducir aquí unos cuantos, porque las tesis de Gobineau sobre la raza amarilla han influido fuertemente en un Chamberlain o un Vacher de Lapouge:

«Los amarillos son gente práctica en el sentido estrecho de la palabra. No sueñan, ni gustan de las teorías, inventan poco, pero son capaces de apreciar y adoptar lo que les es útil. Sus deseos se limitan a vivir de la forma más apacible y cómoda posible. Se ve que son superiores a los negros. Es el populacho y la pequeña burguesía que todo civilizador desearía poder elegir para los bajos fondos de su sociedad; sin embargo, no pueden ser la materia de esta sociedad ni le pueden ofrecer nervio, belleza y acción».

No me voy a detener sobre el origen étnico que Gobineau atribuye a los chinos (un aluvión ario sobre capas amarillas), sino únicamente sobre el pasaje citado, el primero que cayó bajo mis ojos y quizá no el más grave. Creo que en materia de historia universal, Gobineau no se ha equivocado ni comprometido más seriamente que cuando habla de la civilización china. Sin embargo, cuando escribía su *Ensayo*, Edouard Biot había publicado sus esclarecedores estudios sobre la astronomía china (sus célebres artículos sobre el zodiaco chino, todavía fundamentales en la actualidad, fueron publicados en 1839 en el *Journal des Savants* y «Traducción y examen de Tcheou-pei» en 1841 en el *Journal Asiatique*). Estos estudios sobre los cálculos astronómicos y las previsiones de los chinos nos daban una idea general de su gran penetración de espíritu. Ciertamente, desde hace tiempo se sostiene que sus predicciones astronómicas se debían a influencias extrajeras (L. de Saussure ha adoptado sobre este punto algunas de las hipótesis de Biot), pero lo que nos interesa es que la estructura mental de los chinos era perfectamente apta para los cálculos geométricos y astronómicos. El argumento sigue siendo todavía válido.

Pero volvamos ahora a Marcel Granet. Antiguo alumno de Durkheim y de Mauss, profesor de la École des Hautes Études, ha publicado varios libros sobre las antiguas instituciones chinas, libros esenciales para el orientalismo y la sociología. *Danses et Légendes de la Chine ancienne* (Alcan, 1928) es un modelo de análisis sociológico e histórico basado en unos serios conocimientos lingüísticos. En cuanto a *La Pensée chinoise*, se trata ciertamente del libro de un pionero. La teoría de los números demuestra una tendencia hacia la «cualitativación» (si se nos permite construir este barbarismo) superando con mucho los sencillos ejercicios abstractos del espíritu occidental. Según Gobineau, los chinos «no aman las teorías». Se trata de algo mucho más importante para ellos; las transforman, las armonizan, las tornan en «cualidades». Sin querer entrar en detalles, no puedo dejar de recordar que la vida institucional y social de China es en su totalidad una teoría, es decir, que se apoya sobre todo un universo de esquemas mentales, de símbolos, de analogías, que dejarían sin palabras al más «abstracto» de los europeos (tanto más cuanto que éste no conoce la tendencia a «cualitativizar» lo teórico, lo abstracto, tendencia que domina todo el pensamiento oriental y que ha engendrado, por ejemplo, una física «cualitativa» en la India).

Gobineau, que tenía una magnifica intuición de Asia y cuyo libro *Les Religions et les philosophies dans l'Asie Centrale*, sigue siendo la mejor introducción al pensamiento oriental, desgraciadamente se ha equivocado al tratar el pensamiento chino. Si uno relee hoy día con atención su *Ensayo*, sus teorías racistas parecerán quizá menos funambulescas. Niega la existencia de una raza pura, aria o semita. Distingue tres tipos antropológicos: el blanco, el amarillo y el negro. Las otras razas son todas ellas discutibles, porque presuponen mezclas, degeneraciones. Sin embargo, ha acumulado errores sobre la raza amarilla. Y casi todos sus errores de perspectiva han pasado a los libros de los racistas.

Para excusarlo, recordemos que ha escrito páginas maravillosas sobre Oriente (Persia) en su *Les Religions et les philosophies dans l'Asie*

Centrale. Aunque muy famoso y muy citado, este libro ha sido muy poco leído. Me pregunto por qué. Pues hay pocos libros que rebosen de tanta savia y sugerencias. He aquí unas cuantas palabras sobre los asiáticos: «Tienen necesidad de aquel mundo que no puede ser visto; lo sienten pesar sobre ellos; se debaten contra la impresión perpetua de misterio; buscan algo más allá de la vida corriente y, presos de una agitación, una espera, un deseo, una fiebre que no se calma, les vemos en alerta, sus ojos buscan abrirse sin medida, penetrando el aire y escudriñándolo, preocupados por la vida futura más que por todo lo que hay en el mundo. Tienen miedo de faltar a Dios o de que Dios les falte a ellos».

Gobineau habla con un arte inimitable de ciertos aspectos poco accesibles de la vida interior de los orientales. Por ejemplo, del «espíritu eclesiástico» de todos los asiáticos. Hay en esta expresión un abanico de matices y una precisión de los que uno se percata sólo después de varias lecturas. A mi parecer, sólo Brown en su libro de recuerdos eruditos, *A Year Among Persians* y el coronel Lawrence en *Revolt in the Desert*, han logrado añadir algo a la psicología oriental. Joseph Arthur Gobineau fue uno de los primeros a la hora de constatar el carácter tolerante y casi indiferente del islam en materia religiosa, cuando no interfiere en la política. Fue el primero en señalar el espíritu crítico excesivo de los «orientales» (persas) en una época en la que se pensaba que el espíritu crítico venía del siglo XVIII occidental. Fue en todos los sentidos alguien extraordinario y es un feliz acontecimiento que la *NRF* ofrezca la oportunidad de leer y meditar sobre su obra a todos los que no habían oído hablar de él más que de forma imprecisa.